Peter Härtling

Tage mit Echo

Zwei Erzählungen

dtv

Ausführliche Informationen über
unsere Autoren und Bücher
www.dtv.de

Sämtliche Personen in diesen Erzählungen sind erfunden, bis auf die Autoren der »letzten Bücher«.

MIX
Papier aus verantwortungsvollen Quellen
FSC® C019821
FSC
www.fsc.org

2015 dtv Verlagsgesellschaft mbH & Co. KG, München
Die Originalausgabe erschien 2013

Umschlagkonzept: Balk & Brumshagen
Umschlaggestaltung: Wildes Blut, Atelier für Gestaltung,
Stephanie Weischer unter Verwendung eines Fotos von
Trevillion Images / Maggie Brodie
Satz: Felder KölnBerlin
Druck und Bindung: Druckerei C.H.Beck, Nördlingen
Gedruckt auf säurefreiem, chlorfrei gebleichtem Papier
Printed in Germany · ISBN 978-3-423-14452-0

dtv

Peter Härtling folgt zwei Figuren: seinem Alter Ego Robert Brodbeck und dem Künstler Carl Philipp Fohr. Der eine ist ein alternder Schauspieler, der als Vorleser durch die Republik reist, der andere ein junger Maler der Romantik, der nach Rom wandert.

Brodbeck ist fasziniert von letzten Büchern großer Schriftsteller. Im mecklenburgischen Städtchen Klütz verbringt er einen Sommer, in dem er Uwe Johnsons »Jahrestage« vorliest. Es wird ein Sommer der unerwarteten Begegnungen, der wundersamen Vermischung von Fiktion und Realität, der Belebung und der Erschöpfung, an dessen Ende das nächste Vorhaben steht: Fontanes »Stechlin« in Potsdam.

Carl Philipp Fohr wächst Ende des 18. Jahrhunderts in Heidelberg auf und will nur eines: Maler werden. Dank engagierter Lehrer und Mäzene wird sein Talent frühzeitig gefördert. Aber Fohr will sich von akademischen Zwängen befreien. Er reist nach Rom, wo er sich den Künstlerkreisen im Café Greco anschließt und zu einem großen Werk ansetzt – zu dem es leider nicht mehr kommt. Einfühlsam, anschaulich und fesselnd erzählt Peter Härtling von zwei Männern, die sich der Kunst verschrieben haben.

Peter Härtling, geboren 1933 in Chemnitz, war als Redakteur bei Zeitungen und Zeitschriften und als Cheflektor des S. Fischer Verlages tätig. Seit 1974 arbeitet er als freier Schriftsteller. Sein umfangreiches Werk wurde vielfach ausgezeichnet, u. a. mit dem Hessischen Kulturpreis 2014 und dem Elisabeth-Langgässer-Preis 2015. Zuletzt erschienen »Liebste Fenchel! Das Leben der Fanny Hensel-Mendelssohn in Etüden und Intermezzi« (2011) sowie »80. Versuch einer Summe« (2013). Fast das gesamte literarische Werk von Peter Härtling ist bei dtv lieferbar.

Für Mechthild

Das Leben ist kurz, die Stunde ist lang.

THEODOR FONTANE: »Der Stechlin«

Kommt der letzte Schrei – le dernier cri –
vor oder nach den letzten Dingen?

WOLFGANG HILDESHEIMER: »nachlese«

I

BRODBECK
UND
DIE LETZTEN BÜCHER

1.

Der Wind blieb in der Sonne kühl. Brodbeck rückte seinen Stuhl in die Ecke, die sonst von den spielenden Enkeln beansprucht wurde. In seinen Gedanken war er dieser Bewegung schon voraus, und wieder machte ihm eine Widersinnigkeit zu schaffen: Er verhielt sich wie ein alter, kränkelnder Mann. Das war er sowieso, über das Pensionsalter hinaus, achtundsiebzig, doch noch immer, nach zwei Infarkten, ruhelos, unterwegs auf Vortragsreisen, ein altes Bühnentier. In zwei Tagen würde er wieder aufbrechen, Morgenstern vortragen, Ringelnatz und einen Abend lang Hölderlin. Manchmal geriet er ins Straucheln, musste pausieren, und Frau und Kinder spotteten über seinen Hang, sich produzieren zu wollen. Er wehrte sich gegen diese Unterstellungen, es mache ihm Lust, Sprache laut werden zu lassen, ähnlich wie Noten zum Klingen zu bringen.
Er sei unverbesserlich, wurde ihm bescheinigt. Doch

wenn er schon seiner Lust nachgebe, solle er aufhören zu klagen. Ja, er klagte über Schmerzen in den Beinen, über Atemnot, einen steifen Hals, klagte abwechselnd darüber, klagte auch über das »ewige Programm«, mit dem er auftrete, alles schon bekannt, bis ihm sein Ältester spöttisch riet, er solle doch, wenn er schon fürchte, nur noch ein letztes Mal auftreten zu können, aus letzten Büchern vortragen. Das hätte Sinn und wäre ein Programm, das seiner Situation und seiner trüben Laune entspräche.
Der Einwurf zündete. Brodbeck begann, dem Thema nachzugehen, machte es zu seinem Auftrag und schrieb während der beiden Tage, die ihm vor der Abreise blieben, eine Liste mit letzten Romanen. Keineswegs ein langweiliger Stoff. Zum Beispiel Fontanes »Stechlin« und Johnsons »Jahrestage«.
Er rief seine Agentin an, ärgerte sich, dass er aus Unsicherheit umständlich wurde, erst einmal über die Bedeutung solcher Schlusspunkte philosophierte und die Madame ihn brüsk berichtigte: Aber mein Lieber, der »Stechlin« ist ein ziemlich dicker Schlusspunkt. Und wie, frage ich Sie, soll ich das Unternehmen anbieten? Wollen Sie 24 Stunden lesen? Welches Honorar wünschen Sie als Vertreter der letzten Dinge? Er kannte diesen Ton. Madame scheute sich vor schwierigen Gesprächen mit Kulturreferenten und Literaturhauskönigen, vor Absagen, die sie ihm weitersagen musste.

Sagen Sie einfach *Letzte Bücher* und nennen Sie die Titel. Sie bekommen noch eine Liste von mir. Ich rate Ihnen, mit Tübingen zu beginnen, die Intendantin des dortigen Theaters ist mir gewogen, ich könnte mich für die Spanne der »Jahrestage« bei Freunden einquartieren und dann Samstag und Sonntag in Matinéen lesen. Sie versprach ihm, sich mit Tübingen in Verbindung zu setzen.

Er lief über die Wiese, die sich vor den Ferienbungalows ausbreitete, Bolzplatz für die Kinder, stolperte über ein paar säuberlich abgestellte Laufschuhe, fluchte, winkte Emanuel, dem jüngsten Enkel, zu, der in einen der Strandkörbe hineinkletterte, sich zurücklehnte und in Siegerpose zurückwinkte.
Er musste sich mit Lena besprechen, sie würde, vermutete er, gegen seine langen Abwesenheiten meutern und er wiederum die Aussicht auf ordentliche Honorare dagegensetzen. Der obligatorische Inselurlaub mit der Familie hatte die Kasse geleert.
In ein fiktives Gespräch mit Lena vertieft, schlenderte er hinüber ins Hotel, ein Glas Wein könnte jetzt das zwiefältige Selbstgespräch befeuern, obwohl Wein ihm nicht unbedingt von seinem Hausarzt verordnet worden war. Auf dem Spielplatz, neben dem Restaurant, hatten drei seiner Enkel die Rutsche besetzt, wiesen schreiend, um sich schlagend, andere Kinder ab. Er beobachtete die Auseinandersetzung

und wehrte sich gegen den Wechsel der Empfindungen: Er war zum einen beschämt, zum andern stolz.
Er winkte dem Wirt, dessen Aufstieg zum Hotelier er nach der Wende mit Respekt verfolgt hatte, sagte ihm, dass er wahrscheinlich vorzeitig Hiddensee verlassen werde.
Ob er eine Rolle angeboten bekommen habe?
Nein, er spiele schon eine Weile nicht mehr Theater, er trage vor, habe aber eine Idee, die ihm möglicherweise Engagements einbringen werde. Er ärgerte sich über sein konjunktivisches Gerede, über möglich und wahrscheinlich.
Sind Sie da sicher?, fragte ihn der Wirt.
Er redete den aufkommenden Ärger weg: Das überlasse ich meiner Agentin.
Der Mann nickte: Klar.
Solche Gespräche, die aus der Balance zu geraten drohten, beunruhigten Brodbeck. Er stand auf: Bis heute Abend!
Wenn jetzt noch jemand versuchte, ihn aus der Bahn zu werfen, würde er um sich schlagen.
Susi, seine Agentin, sollte am Abend anrufen, ihm mitteilen, ob Tübingen klappte. Wann und unter welchen Bedingungen würde er dann erfahren, Lena und die Kinder zusammentrommeln und ihnen erklären, worum und wohin es geht.

Er verriet sich jedoch, indem er einer idiotischen Manie nachgab: Sobald anstrengende Auftritte bevorstanden, schützte er sich und seine Stimme. Überall dort, wo ihn ein Luftzug erwartete, legte er einen Schal aus, ein Alarmzeichen sogar für die Enkel.
Beim Abendessen an der langen Tafel behauptete Therese, das älteste Enkelkind, dass der Opa bald wieder verreisen werde. Überall lägen seine Schals. Womit sie die speisende Runde in Unruhe und Brodbeck in Verlegenheit versetzte.
Hast du Termine?, fragte Lena. Warum verschweigst du sie uns? Und warum – Spott färbte die Stimme – hast du zu deinem Gang über die Wiese keinen deiner Schals umgelegt?
Das fragte er sich auch. Er hätte sich tatsächlich erkälten können.
Ich könnte Schals in der nächsten Zeit brauchen, denn ich werde meine Stimme schonen müssen.
Lena legte mit Nachdruck das Besteck neben dem Teller ab: So geschwollen redest du nur, wenn du eine Dauerplage anzukündigen hast.
Er lächelte sie an, ihre Empörung rief in ihm den Wunsch wach, sie zu umarmen, er sprach mit vollem Mund: Du weißt ja, ich habe einen Stapel Bücher mitgenommen, um mich für Lesungen anregen zu lassen. Mit Maja Katzor, der Münchener Kollegin, habe ich wenigstens ein paarmal Zweistimmigkeit verabredet, dialogische Stücke. Unter den

Büchern, die der Zufall stapelte, fand ich auch Döblins »Hamlet«, seinen letzten Roman, genauer »Hamlet oder die lange Nacht nimmt ein Ende«, ein Buch, das er unmittelbar nach dem Krieg schrieb, das, obwohl vom großen Döblin, der nun ein mit Misstrauen empfangener Remigrant war, von einigen Verlagen abgewiesen und schließlich vom Aufbau-Verlag in der sowjetischen Zone, im russischen Sektor von Berlin, angenommen und veröffentlicht wurde.

Er schluckte den Brocken weich gekauten Fleischs herunter. Es ist eine elende Geschichte. Döblin hat darunter gelitten. Er ist danach in Emmendingen gestorben, in der französischen Zone, in der er als französischer Offizier allerlei gründete, die Zeitschrift »Das goldene Tor« und die Mainzer Akademie. »Hamlet« war das letzte Buch des Mannes, der »Berlin Alexanderplatz« schrieb. Das letzte Buch!

Er stand auf.

Emanuel rief: Der Opa will eine Rede halten. Aber niemand hat Geburtstag.

Mit kindischem Trotz erwiderte er dem Enkel: Ich werde aber eine halten, Emanuel. Eine über Schals, letzte Bücher und längere Aufenthalte. Also, bei Döblin wurde mir klar, was letzte Bücher, letzte Romane bedeuten. Sie stehen am Ende, setzen aber keins. Wer ein letztes Buch schreibt, hofft immer,

noch ein nächstes schreiben zu können. Aber er hat möglicherweise eine Ahnung. Das letzte Buch ist nicht das letzte für den Autor, sondern für die Leser. Und doch ziehen letzte Bücher, was mich erstaunt, Summen. Denkt auch an den »Stechlin«.
Den kenn ich nicht, warf Emanuel ein.
Wir auch nicht, murmelte beinahe die ganze Familie im Chor.
Ihr werdet sie kennenlernen! Brodbeck ließ sich auf den Stuhl sinken und wischte mit der Serviette die Lippen trocken.
Lena reagierte, wie er es erwartet hatte: Du wirst dich übernehmen, Robbi. Sie rückte ihren Stuhl nahe neben den seinen und fasste nach seiner Hand.
Du kannst ja mitkommen.
Sie ließ ihn los: Das kostet. Das geht nicht.
Auf diesen eher gestammelten Einwand ließ er sich nicht weiter ein und brachte die bedrückte Frühstücksrunde mit einem Satz durcheinander: Es ist von hier aus sowieso nicht weit bis Jerichow.
Bis wohin?, rief eins der Kinder.
Und Lena fragte nicht ihn, sondern sich selber: Was hat das »letzte Buch« mit der Bibel zu tun?
Ja, was? Er lehnte sich an sie und strich ihr mit der Hand über den Nacken. Klütz, ein paar Kilometer von hier entfernt, ist das Jerichow in Johnsons »Jahrestagen«, die Heimat von Gesine Cresspahls Familie.

Das wusste ich nicht, gab Lena kleinlaut zu, was einen der Enkel empörte: Solch einen Scheiß musst du auch nicht wissen, Oma.
Brodbeck spürte in der Hand, die auf ihrem Nacken lag, ihr Lachen und ließ sich anstecken. Auf alle Fälle brauche ich das Buch hier und jetzt. Und ich bin mir sicher, dass die Vitter Bücherstube dieses mecklenburgische Werk nicht im Sortiment hat.
Lena seufzte: Willst du dir dieses Abenteuer wirklich antun?

Er nahm sich vor, die Buchhandlung aufzusuchen, denn es würde eine Weile dauern, bis die vier Bände die Insel erreicht hatten.
Mit ihnen bereitete er sich auf Tübingen vor, seine Agentin stutzte jedoch die Hoffnung auf eine Tournee mit den letzten Büchern. Die Idee habe auch sie überzeugt, doch nun müsse sie die Veranstalter überreden. Das ganze Unternehmen wachse sich zu einer Organisations- und Kostenfrage aus. Hast du eine Ahnung, wie die sich nach kurzem Erstaunen taub stellen. Mir scheint es erfolgversprechender, wenn du mehrere Titel zur Wahl stellst. Nicht ganz so schwierige Brocken wie den Johnson.
Auf der Insel fing er an, sich mit den »Jahrestagen« zu beschäftigen.
Vielleicht sollten wir Klütz besuchen, dort vorbeifahren.

Da hält bestimmt kein Zug, Papa.
Wo Züge halten, bestimme ich.
Das ist mir klar.

Er geht, allein oder mit Lena, auf dem Deich spazieren, wo es sich über die lästigen Radfahrer lästern lässt. Wieder genießt er den leichten Atem.
Das Herz kriegt Flügel. Mit solchen Sätzen unterhält er Lena.
Wir sollten an die See ziehen, sagt sie.
Auf eine Insel wie diese keinesfalls. Sie wird nach der Eisschmelze an den Polen untergehen.
Sie bleibt stehen, hält ihn fest, sodass er mit ihr aufs Meer schaut. Kinder rennen mit erhobenen Armen in die Brandung und lassen sich von ihr umwerfen. Ein Kutter spielt sich am Horizont auf und wird zum Luxusdampfer.
Hierher, Robbi. Bis zum Ende.
Er zieht sie weiter: Bis wir absaufen.
Das wird dauern, widerspricht sie, ein paar Zeitalter lang.

Er genießt es, wenn sich die Tage ziehen, das Licht sich in den Abend schiebt, die Kinder sich weigern, schlafen zu gehen. Er hat Zeit für die »Jahrestage«, hört sich, spricht sich in den Tonfall ein: »Dein wievielter See ist dies, Gesine?, sagt das Kind, sagt Marie, sagt der fremde Fisch, der aus langer Tauchfahrt hervorstößt. How many lakes did you make in your life now?« Er spricht für Marie, für Gesine. »Die Ostsee lässt das Kind nicht gelten«, liest er, wiederholt den Satz, verblüfft alle Anwesenden. Welches Kind? Spinnt es? Der Dichter nimmt den Faden auf, zieht ihn gerade, er schreibt, und Brodbeck spricht ihm nach: »In der Ostsee zum ersten Mal schwamm das Kind, das ich war, vor dem Fischland und in der Lübecker Bucht.« Diese Gewässer kenne ich, antwortet ihm Brodbeck, und der Text weitet sich in seinem Gedächtnis – er wird ihn mit Hingabe und Laune lesen können, anders als es Johnson tat, mit seinem selbst im Nachdenken aggressiven Bass.

Noch einmal zwischen den spielenden Kindern auf der Wiese.

Noch einmal Spaziergänge gegen die Radfahrer auf dem Deich.

Noch einmal Einkäufe beim Fischer, geräuchertes Vielerlei.

Noch einmal gemeinsame Abendessen im »Godewind«.

Über Stralsund fahren sie heim nach Frankfurt. Schon auf der Fahrt erzählen sie sich Anekdoten aus ihrem Inselleben.

Nein, sagt er, nein, dort sich anzusiedeln wäre eine Illusion. Die See wird die Insel schlucken.

Davon träumt er. Doch im Traum schluckt nicht das Meer die Insel, sondern die Insel geht unter wie ein Lift. Nur kann er nicht aussteigen, nur hilft ihm keiner.

Immerhin konnte er, im Traum untergegangen, endlich zu Hause alle erwünschten letzten Romane um sich versammeln: Döblins »Hamlet«, Faulkners »Spitzbuben«, Fontanes »Stechlin«, Johnsons »Jahrestage«, Thomas Manns »Die Betrogene«, Flauberts »Bouvard und Pécuchet«, Joseph Roths »Legende vom heiligen Trinker«. Er wiederholte, was er mochte. Lena ließ ihn in Ruhe, besuchte oft Katharina, die älteste Tochter und ihre Familie, half im Haushalt, holte die Kinder von der Schule ab.
Bevor Susi anrief, erwartete er den Besuch Kasimir Kieslings, eines alten Freundes aus den Anfängen seiner Schauspielzeit in Tübingen. Dukannstmichmal war sein Spitzname, erinnerte sich Brodbeck. Mit diesem Spruch hielt er alle erdenklichen Misshelligkeiten von sich fern.
Aus dem dünnen, immer fuchtelnden Männlein war ein fetter Schwitzer geworden, der ihn, kaum war er über die Schwelle, in eine feuchte Umarmung riss: Mensch, Robbi, dass wir uns nie über den Weg gelaufen sind in den Funkhäusern. Gehört habe ich dich oft.
Brodbeck fragte den alten Freund, was er zu trinken wünsche.
Wasser und Wein, entschied Kiesling, gemischt.

Brodbeck drückte sich in sein Sofaeck, Kiesling nahm ihm gegenüber Platz und begann, kaum hatte er sich Wasser und Wein gemischt, den ersten Schluck getrunken, über die zurückhaltenden Kulturredaktionen in den Funkhäusern zu klagen, auch über die nachrückenden ellenbogenstarken Jungen. An Aufträge zu kommen, werde immer schwieriger.
Du bist gut dran, Brodbeck, mit deinen öffentlichen Lesungen, deinen Auftritten in Theatern und Literaturhäusern.
Er wich den Blicken des dicken Mannes aus.
Weißt du noch, begann der. Erinnerte an ihre ersten gemeinsamen Auftritte, an Begegnungen mit dem »großen Ponto« – jetzt sind wir so alt wie der damals, bloß nicht so bedeutend –, an die geteilte erste Liebe. Brodbeck hatte seine Erfahrungen mit diesem Weißt-du-noch. Oft traf er auf Reisen alte Bekannte, Klassenkameraden, die ihn mit dem Weißt-du-noch festzuhalten versuchten. Was ihnen ebenso wenig gelang wie Kiesling. Ach, Kiesling, so hatte er damals gerufen, was hilft's, in Vergangenheiten zu schwelgen.
Er stand auf, taumelte, suchte das Gleichgewicht, stellte fest, dass Kiesling ähnliche Schwierigkeiten hatte, in die Senkrechte zu gelangen: Ich habe mich mit Lena in der Stadt verabredet und möchte sie nicht warten lassen.
An der Tür fragte Kiesling: Gehst du gleich mit?

Er fand keine Ausrede, ließ sich schweigend von Kiesling umarmen.

Mit der Post, die Lena ihm auf den Schreibtisch gelegt und die er übersehen hatte, war ein Brief aus Magdeburg gekommen, der ihn zu einem Abend mit Benn – in Gedicht und Prosa – einlud, ohne die Gage zu nennen. Immerhin wurde versprochen, Unterkunft und Reise zu erstatten. Wenn ich das schon höre, redete er auf den Brief ein: Unterkunft.
Susi, die er hartnäckig mit Madame anredete, meldete sich nicht, und als er sie anrief, bat sie um Geduld. Den Vertrag für den Benn-Abend habe sie ausgehandelt, aber die Sache mit den letzten Büchern sei ein schwerer Brocken.

Er reiste nach Magdeburg. Die Veranstalterin, Leiterin der Stadtbücherei, musste nicht unterhalten werden, sie unterhielt unermüdlich ihn, hielt erst die Klappe, nachdem sie ihn und Benn enthusiastisch eingeleitet hatte. Als er »Astern, schwelende Tage« sprach, stöhnte eine ältere Frau im Publikum auf, ein Seufzer der Erinnerung, der ihn für einen Moment stocken ließ. Er warf ihr einen vorwurfsvollen Blick zu; sie erwiderte ihn mit einem unanfechtbaren Lächeln. Nach der Lesung wartete sie auf ihn, doch er verschanzte sich, bis sie verschwunden war, in der Garderobe. Wie es seine Gewohnheit war, spazierte er durch die Stadt, besuchte, wie ihm ein Reiseführer geraten hatte, den Dom und danach ein italienisches Restaurant, in dem er von den Gästen wie ein alter Bekannter begrüßt wurde. Sie waren in seiner Benn-Lesung gewesen. Er nickte, grinste, suchte nach einem Tisch und war nahe daran, gleich wieder die Flucht zu ergreifen.

2.

Er saß mit Faulkner im Caféhaus und fiel wieder einmal auf als einer, der mit sich selber redet oder mit Geistern, die ihn begleiten. Die Bedienung, die ihn schon lange kannte, versuchte, seine innere Stimme mit einem Ist-schon-gut zu beruhigen. Wenn die wüssten, dass Boon Hogganbeck, ein amerikanisches Großmaul aus dem letzten Jahrhundert, sein Gesprächspartner war. Wenn die wüssten.

Zu Hause empfing ihn Lena, trieb ihm mit einem kargen verstehenden Lachen den Boon aus und teilte ihm mit, dass Susi angerufen, aber nicht verraten habe, worum es gehe.

Das erfuhr er gleich selbst am Telefon: Der Hörverlag habe Interesse an einer Lesung von Roths »Trinker«. Eines der Bücher, die auf deiner Wunschliste stehen, Robbi, sagte sie.

Sie haben mich vorgeschlagen?, fragte er und überschlug in Gedanken, wie viele Stunden er im Studio zubringen müsste. Zwei oder drei Tage, sagte er ohne weitere Erklärung.

Unterschätze den Text nicht, warnte Madame.

Er hätte sich auch mit Roths Andreas anstatt Faulkners Boon im Café unterhalten können, fiel ihm ein, der hätte dort mehr gepasst: »Jetzt aber erschrak er, wie gesagt, insbesondere, da er seine Physiognomie mit jenen der wohlanständigen Männer verglich, die in seiner Nachbarschaft saßen.« Dieses schleppende »insbesondere« hatte es ihm schon angetan, als er die Erzählung zum ersten Mal vorlas.

Warum sagst du nichts? Was ist los mit dir?, dröhnte Madame in sein Ohr.

Wann ist das Studio frei? Steht der Termin schon fest? Und wo?

In Ludwigsburg, sagte sie. Den Laden kennst du ja. Und Herr Reimann wird wieder die Regie übernehmen.

Reimann kannte er gut. Er war sein treuer Studioschatten, hörte kritisch zu, durchaus musikalisch, und sorgte auch sonst für Brodbecks Wohlbefinden.

Anfang Oktober, sagte sie, das Hotel, das du schätzt, habe ich gebucht, vorsorglich für vier Tage.

Vorsorglich, wiederholte er.

Spotte nicht, sagte sie, du bekommst alles schriftlich.

Er legte auf. Erleichtert wandte er sich Lena zu, die misstrauisch mitgehört hatte: Nur eine halbe Woche

Ludwigsburg. Joseph Roths »Trinker« fürs Hörbuch. Regie hat Reimann. Da weißt du mich, wie immer, in guten Händen.
Sie zog ihn an sich. Das ist ja wirklich beruhigend. Wenn ich mich recht erinnere, hast du mit dem alten Reimann nach einer längeren Lesung zwei Tage so gesoffen, dass dir danach der Kopf zu zerspringen drohte.
Das ist eine Weile her, beruhigte er sie und sah über ihre Schulter zum Fenster hinaus. Auf dem Balkon gegenüber pflanzte der junge Mann, mit dem er manchmal auf der Straße flüchtig Worte wechselte, umständlich Blumen in einen Kasten. Die werden ihm unter den Händen welken, murmelte er.
Wen meinst du, mich? Lena ließ ihn aus ihrer Umarmung und schaute ihn fragend an.
Den Nachbarn da drüben.
Sie drückte sich lachend gegen ihn. Ich frage mich, ob du tatsächlich anwesend bist.
Ich bin's! Eigentlich sollte er diesen Ausruf singen wie ein Opernheld. Sie müsste bemerken, wie er sie liebt. Ein alter Mann eine alte Frau. Fünfzig Jahre Liebe. Das ahnte man nicht im Voraus. Das wurde erst im Rückblick spürbar. Sie schauten miteinander, sich an den Händen haltend, dem Balkongärtner bei der Arbeit zu.
Geranien, die mit Hängeköpfen, stellte Lena fest. Handelt es sich beim »Trinker« tatsächlich auch um

ein letztes Buch? Täuschst du dich nicht, Robbi? Folgst du da nicht einer fixen Idee? Es kann ja sein, fuhr sie sehr leise fort, dass du, weil dir der Atem ausgeht und die Beine schmerzen, in Büchern Beistand und Erklärungen suchst.

Er widersprach ihr heftig: Natürlich interessiert mich, mit welchem Buch, mit welchem Thema ein Schriftstellerleben endet. Zufällig oder vorsätzlich. Meistens wissen wir das nicht. Das ist wie ein Wurf ins Ungewisse.

Sie lud ihn zum Griechen ein. Komm, dort reden wir weiter und andere reden uns rein, dass wir nicht mehr über uns nachdenken müssen. Bei einem Vorspeisenteller und Demestica.

In den Tagen danach saß er im Synchronstudio und besprach einen Dokumentarfilm, der sich mit den Vulkanen und der Kultur Lanzarotes befasste. Der Text war angefeuchtet von einem bestellten werbeheftigen Pathos. Er sprach ihn unterkühlt und leise.

Interessiert dich der Film nicht?, fragte der Regisseur.

Der Film schon.

Also, Robbi, wenn schon, denn schon.

Er hob den Kopf, blinzelte durch die Scheibe in die Regie: Aber ohne geforderten Nachdruck, mein Lieber.

In solchen Momenten richtete er sich in einer sonderbaren Gleichgültigkeit ein. Er redete den Text nach, ungleich freier und leichter.
Am Abend hatte er es geschafft. Mit dem Regisseur und der Tontechnikerin hörte er sich noch einmal ab, sah den Film an. Der Autor, ein kleiner Wichtigtuer, fand Brodbecks Sprechweise dem Text adäquat. Brodbeck verabschiedete sich, er habe noch eine Verabredung, wolle sie nicht versäumen.

Endlich saß er im Zug. Lena hatte ihn zum Bahnhof gebracht, sich von ihm verabschiedet, als sei sie seiner Rückkehr nicht sicher. Seine Unruhe hatte sich in der üblichen Abschiedsfloskel zusammengezogen: Ich ruf dich an.
Er hatte die Tage vor dem Lesetermin in Ludwigsburg gleichsam aufgeräumt verbracht: Er räumte auf, seinen Schreibtisch, sein Arbeitszimmer, ordnete Papiere, Briefe und Verträge, löschte E-Mails, beantwortete alte Post mit gewundenen Entschuldigungen.
Mit Lena war er einkaufen gegangen, ein paarmal ins Café, sie sahen sich eine Munch-Ausstellung an und redeten sich über den Strindberg-Geist dieser Gemälde die Köpfe heiß, stritten sich über die verdeckte Sinnlichkeit Munchs. Er unterstellte sie ihm, sie verteidigte ihn.
Die Oktobersonne modellierte mit ihrer Vorliebe für

tiefe Schatten die vorüberziehende Landschaft zur Kulisse. Brodbeck lehnte sich zurück, hörte mit wachsendem Ärger einem jungen Mann zu, der den gesamten Waggon mit einem Telefongespräch über Röhrenlieferungen unterhielt.
Als er in Stuttgart den Wagen verließ, stolperte er über einen im Gang abgestellten Koffer, hielt gerade noch das Gleichgewicht, spürte ein Stechen im linken Fuß, blieb, erfüllt von einer sprachlosen Wut, auf dem Bahnsteig stehen und nahm, was geschehen war, als böses Omen für die kommenden Tage. Auf dem Weg zur S-Bahn schwante ihm, dass sein Hals pelzig werden würde. Er zog den Schal enger, sprach vor sich hin, prüfte, ob er schon heiser sei.
Der Portier des Hotels in Ludwigsburg begrüßte ihn erfreut und herzlich, das bestärkte ihn ein wenig. Im Lift posierte er vor dem Spiegel. Auf seinem Zimmer rief er im Studio an und meldete sich. Er werde gleich abgeholt, Herr Reimann habe auf seinen Anruf gewartet.

Reimann hakte sich, bevor sie die Stufen vor dem Hotel hinuntergingen, unter, er hatte nicht vergessen, dass Brodbeck damit Schwierigkeiten hatte. Der Wagen war gegen die Vorschrift direkt vorm Haus geparkt. Auf der Fahrt zum Studio begannen sie stockend ein Gespräch über die privaten Umstände. Reimann deutete an, er komme mit der Frühpensionierung nicht zurecht, gehe seiner Frau und der kranken Tochter mit seiner Planlosigkeit auf die Nerven. Was bin ich froh, dass mich das Studio ab und zu beschäftigt. Und du, Robbi?

Weißt du, Reimann, ich gehe mir auf die Nerven mit einer Endzeitstimmung und einer verdammten Lust, erschöpft zu sein.

Darum die letzten Bücher. Reimann nickte. Er musste Brodbeck nicht beruhigen, nicht trösten.

Es ist mir ein Bedürfnis, mich ohne jede Störung für ein paar Tage bei euch einrichten zu können, hörte der sich mit einer Stimme, die ihm schon der »Trinker« lieh. Andreas, ein Schattenklang aus seinen österreichischen Kinderjahren: Die Umlaute weichten auf.

Ich freue mich auf die Arbeit, sagte Reimann.

Es wiederholt sich, dachte er, als er im Studio Platz nahm, die Tontechnikerin das Mikrofon zurechtrückte, ich könnte lesen, was ich vor Jahren las, zum Beispiel »Am grünen Strand der Spree«, auch ein Buch, das Kritiker über den grünen Klee (er kicherte, als ihm der Reim auffiel) lobten und das kein Mensch mehr las. Aber jetzt, sagte er laut, der unsterbliche »Trinker«.

Warum aber?, fragte Reimann.

Ich stemme mich mit dem Aber gegen alles, was ich bisher bei euch zum Besten gegeben habe.

Nicht das beste Letzte, entgegnete Reimann.

Er schlug das Buch auf, damit der Wortwechsel ein Ende finde, und begann. Er las die ersten Sätze in der Erwartung, gemeinsam mit dem Trinker, gemeinsam mit Andreas den älteren wohlgekleideten Herrn zu treffen. »Wohin gehen Sie, Bruder, fragte der. Der Andere sah ihn einen Augenblick an, dann sagte er: ich wüsste nicht, dass ich dein Bruder wäre, und ich weiß nicht, wo mich der Weg hinführt.« So begann die Erzählung, öffnete sich ihr Raum. Wie jedes Mal wanderte er mit Genuss und selbstverloren durch die Räume eines Romans, einer Erzählung. Nun also durch Paris, das er anders kannte als Joseph Roth, nicht als Emigrant, als Flüchtling, sondern als Besucher auf Zeit, aber die Erinnerung an Straßen, Plätze und Parks, an Straßencafés und Kneipen baute sich Satz für Satz auf. Er wurde zum sprechenden Begleiter.
In der Regie, hinter der trennenden Scheibe, war auf einmal Bewegung, er wurde abgelenkt, stockte, verlas sich, fragte verärgert: Könnt ihr mir erklären, was bei euch los ist?
Eine ihm vertraute Stimme dröhnte über den Lautsprecher: Robbi, du Meister der tausend Stimmen, sei willkommen. Ich möchte dich und Reimann zum Abendessen einladen.
Es war Zumbach, der Gründer des Studios, der Mann mit dem untrüglichen Gehör, der mittlerweile schwerhörig geworden war und die Regie seinen

Angestellten überließ oder frei Arbeitenden wie Reimann.
Wie ist die Laune?
Gut. Heut Abend, brüllte Brodbeck zurück. Wann holt ihr mich vom Hotel ab?
Sobald es Zeit ist. Emil Zumbach hatte sich nie festlegen lassen, auch nicht, wenn es um Honorare ging.

Wie Schnitzel in der Panade wälzten sie sich in der Erinnerung. Zumbach hatte einen Tisch im Monrepos reserviert, mit Blick auf den Park. Es brauchte nicht lang, dass sich mit Zurufen ihre Vergangenheit öffnete, ihre Stimmen jünger und straffer wurden, sie rascher und bedenkenloser tranken: Weißt du noch, der Heinz Huber?
Aber sicher, Robbi, hager und scheu und noch immer im Krieg. Ein feiner Kerl.
Er hat mich entdeckt. Nach einer Vorstellung von »Unsere kleine Stadt« kam er in Tübingen auf mich zu, und ich war mir nicht sicher, ob er mich anpöbeln oder ansprechen wollte. Ob ich Lust hätte, im Hörfunk oder im Fernsehen Texte zu sprechen. Meine Stimme habe ihn – er lachte über den zufälligen Wortwitz – angesprochen.
Zumbach fiel ihm ins Wort: Der Huber, erinnerst du dich, hatte eine Art, fragend Befehle zu erteilen. Mit dieser Charakterisierung rief ihn Zumbach ins Leben.

Aber ja! Brodbeck beugte sich über den Tisch, nahm jeden Ausdruck aus seinem Gesicht: Können Sie am Freitag da sein? Neun Uhr? Am besten hast du nur genickt: Selbstverständlich! Penibel war er, doch selbstlos und hilfsbereit. Ich lernte von ihm die Ruhe vor dem Sturm. Als ich das erste Mal im Synchronstudio saß und mich unselig verhaspelte, setzte er sich neben mich, zog mir das Manuskript aus den Händen, tat, als läse er ein paar Zeilen, die er schon gut kannte, sagte ruhig und auffordernd: Das ist ein Scheißtext. Den schaffst du. Schaffst du den? Da war sie wieder, die Frage als Auftrag. Ich schaffte ihn, ohne jeden Versprecher. Zur Belohnung bekam ich über Huber einen Rundfunkauftrag, eine Passage aus Nossacks neuestem Roman zu lesen. Und danach hörte ich: Haste gut gemacht, Robbi. Und du, Zumbach, warst der Geh-her-da des Südfunk-Triumvirats Jedele, Gottschalk, Huber. Wenn die abends soffen, musstest du mithalten, und mich batest du um Hilfe: Komm, ich schaff die drei nicht.

Die waren auch kaum zu schaffen, produzierten mit Laune und gespieltem Zorn Einfälle, erlaubten sich Entwürfe, legten der Verwaltung unerbittlich Pläne vor. Zumbach leerte mit einem Zug sein Glas: Es geht nichts über einen reifen Riesling. Ja, Robbi. Gottschalk zog nach München, Huber starb früh, Jedele wurde Fernsehdirektor, und du gingst auf deine lebenslange Tournee. Ich, Diener mehrerer Herren, beschloss, mein eigener Herr zu werden, baute hier in Ludwigsburg das Studio auf und hatte dich bald am Mikrofon, einen Freund und intellektuellen Strauchritter.

Den letzten Satz, gewissermaßen eine Liebeserklärung, unterstrich er mit einer heftigen Geste und wischte sein Glas und die Flasche vom Tisch.

Reimann trommelte begeistert gegen die Tischkante, machte sich zum ersten Mal bemerkbar: Ihr seid unvergleichlich.

Der Kellner kam mit Lappen und Eimer, fragte: Kann ich helfen?

Ein knappes Bitte! sprang über Zumbachs Lippen.

Brodbeck blickte hinaus in den Park, Laternen leuchteten die Wege aus, und ein Pavillon wurde durch Licht hervorgehoben. Er schaute auf eine Bühne, die im Stich gelassen wurde, leer und schön. Danke, sagte er, als der Kellner verschwand. Er trank und spürte, wie der Wein wirkte: Nur nicht so herunterkommen wie der Trinker, ging es ihm durch den Kopf. Bloß nicht, sagte er vor sich hin.

Zumbach reagierte sofort und hellhörig: Bloß nicht der Geschichte nachgeben? Das ist dir noch nie passiert, Robbi, sauf ohne Angst.

Was er tat, angefeuert von den beiden anderen, bis es Zeit war, ein Taxi zu rufen.

Im Hotel geleitete ihn der Nachtportier, auf ihn einredend, zum Aufzug, Zimmer 17, Herr Brodbeck, schärfte er ihm ein. Er legte sich nicht ins Bett, sondern streckte sich unausgezogen auf der Couch aus. Mit dem Gefühl, dass ohnehin alles schiefgehen könne, wachte er auf, fing an, wie er es gewohnt war, ein paar Stellen aus dem Text vor sich hin zu reden und brachte kaum ein Wort heraus. Sein Stimmband hatte sich zusammengezogen, war belegt. Auf keinen Fall die Stimme anstrengen. Er zog sich aus, um zu duschen, suchte im Koffer nach einem Schal. Er hatte tatsächlich nicht vergessen, ihn einzupacken. Ehe er zum Frühstück ging, rief er Reimann an, um ihn von dem »Stimmbruch« zu unterrichten. Heute geht's nicht. Wir müssen verlängern.
Kaum saß er beim Frühstück, rief Zumbach an, triumphierte kindisch, er halte nicht mehr durch: Dein Säuferstimmchen, Robbi, kostet mich Geld.
Brodbeck stellte das Handy, mit dem er ohnehin nur miserabel umgehen konnte, aus. Nein, Freund Zumbach, sagte er und merkte, dass seine Stimme ziemlich perdu sei. Er hatte einen Zustand erreicht, in dem nichts mehr in ihm und an ihm stimmte. Bei jeder kleinen Bewegung sammelten sich Schmerzen in allen Körpergegenden. Verzog er das Gesicht, bildeten sich Pickel und winzige Geschwüre um Nase und Mund, schluckte er Kaffee, kam der ihm in einem Schluckauf entgegen. Er sah, dass ein Früh-

stücksgast lässig einen wunderbaren, endlosen Strickschal an der Garderobe ablegte, und wurde unverzüglich süchtig, begann zu überlegen, wie er an das fabelhafte Stück kommen könnte, ohne des Diebstahls bezichtigt zu werden. Vielleicht, dachte er, lässt sich mit dem Herrn verhandeln.

Ehe er sich ins Zimmer zurückziehen konnte, erschien Reimann. Brodbeck atmete auf, denn er hatte Zumbach erwartet. Reimann redete auf ihn ein, fragte, ob er tatsächlich nicht ins Studio kommen könne, womit er Brodbeck aufbrachte. Das könne er ja hören. Die Sauferei gestern Abend habe ihn um die Stimme gebracht. Ich hätte es wissen müssen.

Reimann wurde resolut, packte den lamentierenden Brodbeck am Arm: Du musst zum Arzt. Meiner ist zu empfehlen. Ich bringe dich hin.

Er wehrte sich nicht. Es war ihm gleichgültig. An seiner Stelle gab Reimann dem Arzt Auskunft, und er stand blöd daneben, nickte ab und zu und griff sich an den Hals. Wie ein Kind riss er, dazu aufgefordert, den Mund auf, ließ sich in den Hals schauen.

Er werde ihm den Rachen auspinseln, erklärte der Arzt. Das sei zwar unangenehm, doch hilfreich. Der Hals schien sich bei der Prozedur zu schließen. Als er sich bedanken wollte, blieb die Stimme weg. Der Arzt riet ihm, nachmittags und abends zu inhalieren. Nichts essen, nichts zu sich nehmen, was den Hals reizen könnte.

Jetzt wissen wir's, sagte Reimann, nachdem sie die Praxis verlassen hatten.
Und? Er wunderte sich, dass ihm dieses eine kurze Wort ohne Nebengeräusche und Mühe gelang. Und?
Reimann half ihm ins Auto. Wir werden den Tag miteinander verbringen.
Es war ihm klar, dass er im Auftrag Zumbachs handelte. Knecht, röchelte er.
Reimann grinste: War das ein Zitat aus dem »Trinker«, Brodbeck?
Er wischte sich mit dem Handrücken über den Mund und nickte. Reimann konnte nicht ahnen, dass er mit seiner »unterdrückten« Stimme Passagen aus dem »Trinker« ständig wiederholte.
Reimann ließ ihn den ganzen Tag nicht aus den Augen, sorgte dafür, dass er regelmäßig inhalierte, und gegen Abend kam seine Stimme allmählich zu sich, er begann sie, wie ein Tenor vor dem Auftritt, auszuprobieren.
Reimann entschuldigte sich für einen Augenblick, verließ das Zimmer, und Brodbeck war sicher, dass er Zumbach Bericht erstattete.
Nach dem Abendessen und einem Viertel Rotwein, samtenen Lemberger, wagte er es, Lena anzurufen, ihr von seiner verlorenen Stimme zu erzählen, und dass er noch ein oder zwei Tage bleiben müsse.
Und wie kam es dazu?, fragte Lena spitz, wie kam

es zu diesem bakteriellen Überfall auf deine Stimmbänder? Oder wurden sie anders strapaziert?
Er ließ eine Pause, hörte sie erwartungsvoll atmen und gab eine Antwort, die sie als typisch bezeichnen würde: Wenn ich das wüsste, Liebste.

Ein wenig unsicher und in sich hineinhorchend sprach er am nächsten Morgen im Studio die ersten Sätze: »So kam er am nächsten Morgen früher noch als die Möbelpacker.« Zu Mittag aß er nichts, zog sich ein Tuch über den Kopf und inhalierte.
Er kam wieder in Fahrt, las gegen Schwindelgefühle und erklärte sie sich als »Trinker«-Wirkungen.

Am letzten Tag überredete er Zumbach, zwei Stunden zuzugeben für den Schluss. Wie immer bei solchen Lesungen, wenn er allein im Studio hinterm Mikrofon saß, die Zuhörer hinter der gläsernen Trennwand, wie immer verlor er sich und lief durch die erzählte Gegend. Er hatte die letzte Seite aufgeschlagen: »Man bringt also unsern armen Andreas in die Sakristei, und er kann leider nichts mehr reden, er macht nur eine Bewegung, als wolle er in die linke hintere Rocktasche greifen, wo das Geld, das er der kleinen Gläubigerin schuldig ist, liegt, und er sagt: ›Fräulein Therese!‹ – und tut seinen letzten Seufzer und stirbt. – Gott gebe uns allen, uns Trinkern, einen so leichten und so schönen Tod.«

Danke, sagte die Tontechnikerin über das Mikrofon, Bravo!, ergänzte Reimann. Zumbach winkte ihn zu sich in die Regie, er nahm sich Zeit, drückte das durchgelesene Buch an die Brust, riss die Tür auf, Theater musste sein. Daran hielt sich auch Zumbach, der ihn umarmte. Er sei ein Kerl, so mitgenommen, wie er gewesen sei, habe man annehmen können, dass er die Arbeit nicht schafft. Aber du hast so intensiv gelesen wie noch nie, mein Robbi! Er schüttelte ihn, als stecke noch ein weiteres Kapitel in ihm. Das müssen wir feiern.

Nach dieser harten Prüfung verzichtete er. Zumbach und Reimann gaben nach. Er setzte seine Unterschrift unter den Vertrag, der ihm sein Honorar garantierte, verabschiedete sich. Bevor er zu Bett ging, nachdem er geduscht hatte, schlang er einen Schal um seinen Hals.

3.

Mit Siegfried Egeloff stritt er über »letzte Bücher«. Sie waren miteinander zur Schule gegangen, hatten sich nie aus den Augen verloren. Siggi hatte Germanistik studiert und war in diesem Fach Professor geworden. Jetzt mischte er sich ein.

Ich habe im Radio Interviews mit dir gehört, Robbi!

Brodbeck zog den Freund, der immer aussah, als plage ihn die Schwindsucht, bleich und ausgezehrt, in sein Arbeitszimmer.

Ja und? Er ahnte, was Egeloff beschäftigte. Hastig räumte er den Besuchersessel von Papierkram und alten Zeitungen frei. Egeloff knickte in sich zusammen und saß, als hätte er den Sessel nie verlassen, ein befreundeter Albtraum.

Lena erzählte mir, du seist in Ludwigsburg und liest Roths »Trinker« für den Hörverlag. Und sie erzählte auch, dass du dich mit lauter letzten Büchern befasst. Verzeih die herablassende Alliteration.

Brodbeck lachte, fragte, ob er Kaffee aufbrühen solle. Ja, erwiderte er dann, lauter letzte Bücher.
Egeloff legte die Hände zusammen, von Pergament überzogene Altmännerhände: Wie kommst du überhaupt darauf, Robbi, und was verstehst du unter letzte?
Er musste sich wappnen, um Siggis fachlicher Arroganz gewachsen zu sein. Er suchte Schutz am, nicht hinterm Schreibtisch. Wahrscheinlich, sagte er, hat mich mein Zustand dazu gebracht und der Zufall, dass ich tatsächlich mit einem letzten Buch zu tun hatte, es für eine CD lesen musste. Eine Kostbarkeit, sage ich dir, doch du bist ja kein Anglist. Es sind – es sind, dachte er, solche winzigen Triumphe, die ein Gespräch würzen –: Faulkners »Spitzbuben«.
Und woher weißt du, dass es sein letztes Buch ist, gewissermaßen sein literarisches Testament?
Ich weiß es. Brodbeck holte Atem. Es heißt, Faulkner habe den Roman im Sommer 1961 in wenigen Wochen niedergeschrieben: »Die Spitzbuben« – »A Reminiscence« steht da als Untertitel: »Eine Erinnerung«. Er kehrt noch einmal in die erfundene Gegend, die seine Phantasie für ein Leben aufnahm, zurück, ins Yoknapatawpha County. Im Juni 1962 erschien das Buch. Faulkner gab Literatur-Seminare an der Militärakademie Westpoint. Er war müde, suchte Zuflucht in seiner Stadt, in Oxford, Mississippi. Wie gewohnt ritt er am Morgen aus, wurde von

seinem Pferd, das scheute, abgeworfen, klagte danach über Schmerzen, trank, betäubte sich mit Whisky, seine Frau brachte ihn ins Krankenhaus, wo er kurz darauf starb.

Hör her! Er zog ein Buch unter dem Stapel, der sich auf dem Schreibtisch türmte, hervor. Hör her: »Wir sausten davon, McWillie wie üblich zwei Längen voraus, ehe Lightning bemerkte, dass wir den Start hinter uns hatten, und rasch und gehorsam aufholte, bis er sozusagen seine Backe an McWillies Knie legen könnte (falls er Lust dazu hatte), und in die vordere Kurve und Gegengerade, und meine und McWillies Stellung zueinander wechselten, sich näherten und entfernten in traumhaftem Geschehen, wie es wahrscheinlich den Männern ganz vertraut ist, die in Flugzeugstaffeln fliegen ...« Das ist der Sound, der uns damals besoffen machte, Siggi, hast du es vergessen? Gut, du bist dann auf die Universität in Tübingen, ich auf die Schauspielschule in Stuttgart gegangen, aber wir trafen uns häufig, und ich gab dir die Bücher, die ich mit ihr gelesen hatte, meiner damaligen Flamme. Es war dieser Yoknapatawpha-Sound, der mich verletzbar und sehnsüchtig machte, anfällig für eine irre Liebe, erinnerst du dich, Siggi?

Der beugte sich gespannt nach vorn, gab das Stichwort: Corinna aus Oberschlesien, Buchhändlerin, gewachsen wie im Auftrag Maillols, mit einer aufregend blauschattigen Haut und einem struppigen

roten Pferdeschwanz, ein Weib, das sich in verbotenen Träumen herumtreibt.
Brodbeck applaudierte: Das trifft. Du warst wohl auch scharf auf sie.
Egeloff ließ sich zurückfallen: Nein, mein Lieber, nur als Beobachter.
Der Zufall hatte Brodbeck in den Laden geführt. Er brauchte eine sprechbare Übersetzung von Molières »Der Geizige«. Der Laden war eng, er suchte, fand nichts, bis eine sehr helle Stimme fragte: Suchen Sie einen bestimmten Titel? Haben Sie einen Wunsch? Als er sich ihr zuwendete, kam er ihr nahe, berührte sie. Ihre Haut schien mit einem schweren Duft imprägniert.
Ich hatte vor, ohnmächtig zu werden. Sie sollte mich unbedingt beleben.
Egeloff kommentierte ziemlich gelassen: Ein aussichtsreicher Vorsatz. Das hast du dir eben ausgedacht, Robbi.
Brodbeck schaute nachdenklich auf die Schreibtischplatte: Es wäre ein Auftrag nach Maß gewesen. Aber die Dame folgte der lüsternen Phantasie ihres Kunden, nahm ihn an der Hand, zog ihn wie ein Kind, das zur Ordnung gerufen werden soll, über drei Stufen ins Ladenzimmer. Dort verriet sie ihm, dass ihr Ähnliches noch nie passiert sei, noch nie!, umarmte ihn, zog ihn auf das Sofa, das unter einem Chagall-Druck stand, raubte ihm mit Küssen den Atem,

sprang auf: Ich muss den Laden schließen!, wendete sich an der Tür zu ihm um: Wie heißt du?
Robbi. Und wie heißen Sie?
Corinna.
Sie war ein Jahrzehnt älter als er. Sie brachte ihm bei, was er nur zu denken gewagt hatte. Sie war kühn, gemein und lasterhaft. Manchmal überraschte und überwältigte sie ihn mit einer Zärtlichkeit, die er wie eine Frage verstand: nach einer kleinen Ewigkeit. Die wünschte er sich ebenso.
Doch irgendwann, als er nach einer Aufnahme im Funk vorbeisah, erwischte er sie mit einem andern, und sie erlaubte ihm nicht einmal, aufzumucken. Mit einem Blick aus ihren wasserblauen Augen wies sie ihn ab: Verschwinde, sagte sie über den Kopf des neuen Liebhabers, du siehst ja, was ist.
Im Jahr darauf lernte er Lena kennen.

Beide schwiegen, gaben ihren Erinnerungen nach. Zögernd nahm Siggi den Faden wieder auf: Damals, als du Faulkner entdecktest, ich erinnere mich an »Licht im August« und »Soldatenliebe«, auch »Die Spitzbuben«. Er deutete auf das Buch: Es steckt noch immer in dem alten plakativen Schutzumschlag. Damals war es dir schnurzegal, ob es sich um ein letztes Buch handelt. Ob gewissermaßen testamentarisch oder zufällig.
Auf solche Gedanken kannst du erst kommen, wenn

du merkst, dass ein langer Nachmittag im Studio dir derart die Kräfte raubt, dass dir, wenn du ins Hotel gehst, schwindelt, dass du am Empfang nicht mehr weißt, welches Zimmer du bezogen hast. Er wurde laut: Du bist in jeder Hinsicht eingeschränkt und kommst dir beschränkt vor, so ist es.

Siggi zog die Schultern hoch: Du übertreibst, mein Lieber. Hast du deiner munteren Agentin das alles schon offenbart?

Wenn, würde sie mich aus ihrem Katalog streichen.

4.

Er verreist ab und zu, nimmt Aufträge wahr, rezitiert Ringelnatz und Brecht, liest im Dialog mit seinem Kollegen Koopmann den Briefwechsel zwischen Stefan Zweig und Joseph Roth. Du Zweig, ich Roth. So teilen sie Armut und Reichtum, Haben und Nichthaben, Geben und Nehmen.
Er besteht auf Roth: Ich hab den schon drauf. Nach gut einer Woche wünscht Koopmann aber einen Rollenwechsel. Er möchte nicht mehr der noble, abstinente Zweig sein, sondern ziehe Roth vor, maßlos und auf Selbstvergessen scharf. Am Morgen dann, im Studio, braucht er Zeit zur Konzentration und ein paar Gläser Wasser.
Brodbeck lässt ihn allein, spaziert durch Köln, hinein in die Erinnerung an die Stadt zwischen Ruin und Aufbau, als es in der Hohen Straße noch Baracken gab und ein Kino, in dem die schönsten Filme jener Jahre liefen, »Fahrraddiebe« und »Kinder des

Olymp«. Zwei Jahre war er am Schauspielhaus engagiert. Im Café Campi trafen sich die Stadtintellektuellen und ihre Trabanten.
Die Stadt, sagt er Lena am Telefon, die Stadt hat sich um ein Zeitalter von mir entfernt.
Lamentiere bloß nicht, erwidert sie, wie alt du geworden bist.

Die Stimmung des Briefwechsels färbte ab, seine Melancholie nahm zu. Die Gänge von Kirche zu Kirche, die er sich für die Pausen vorgenommen hatte, ersparte er sich. Er zog es vor, im Campi im Funkhaus zu sitzen und zu warten, bis der Studioassistent ihn holte. Roth, sagte er sich, du verwahrlost; nein korrigierte er sich, Brodbeck, du gehst ein wie Roth.
Den Schluss der Aufnahme feierten sie an einem reservierten Tisch im Campi. Koopmann wurde theatralisch, bestand darauf, eine Rede zu halten: Liebe Freunde! Die bedachte er mit lauter Gemeinplätzen.
Der letzte Zug fuhr ihm davon. Lena erwartete ihn: Verändert hast du dich nicht, Liebster, aber müde siehst du aus.
Ich war nahe daran, mich in Roth zu verwandeln. Er wollte ihr sagen, wie sehr er sie, zart und ein wenig gebeugt, liebe, wollte sie in die Arme nehmen. Als er am Abend aus seinem Bett zu ihr unter die Decke kroch, ihre zerbrechliche Nähe suchte, wehrte sie ihn ab.

Zwischendurch, der kalte Frühling befreite sich mit einer Hitzewelle, meldete er sich bei seiner Agentin, wurde von ihr vertröstet: Ein paar Möglichkeiten sehe ich, Robbi, doch denke nur nicht, die Herren und Damen von der Kultur sind leicht zu überreden, sie haben eine triftige Ausrede: das fehlende Geld. Und du gehst ja nicht von deinem Honorarsatz runter.

Er nahm sich vor, sie nicht mehr zu behelligen, selbst wenn die Einkünfte karg würden. Als Vortragender war er sowieso noch gefragt. Das Heidelberger Theater lud ihn ein, aus Hölderlins »Hyperion« zu lesen. Lena fuhr ihn, sie kurvten eine Zeit lang durch die Innenstadt, auf der Suche nach einem Parkplatz. Dann hätte er auch zu Fuß zum Theater gehen können, fluchte er. Lena ließ sich nicht aus der Ruhe bringen: Wir haben eine Menge Zeit, können uns in eine Kneipe setzen, können am Neckar entlangspazieren oder ins Museum gehen. Das soll, las ich, besuchenswert sein.

Er ließ sich überreden, nahm sich vor, dort nicht lange zu bleiben, doch ein Bild hielt ihn auf, das Selbstbildnis eines Malers aus dem frühen 19. Jahrhundert, eine Bleistiftzeichnung von Carl Philipp Fohr. Mit einem Strich von großer Sicherheit wird der Umriss eines Kopfes wiedergegeben, das Haar glatt und gesträhnt, die Augen in tiefen, von Schwermut geprägten Höhlen. Der Maler habe das Blatt seinen Eltern

geschenkt, als er nach Rom aufbrach, zu Fuß, in Begleitung seines Hundes Grimsel.
Das Bild hielt ihn so lange fest, bis Lena ungeduldig wurde: Komm, schau dich noch weiter um. Es könnte ein Porträt von Hyperions Freund Bellarmin sein, sagte er Lena, die ihn in seiner Lesung danach außerordentlich fand, ganz nah und entrückt. Selten war ihm auch so ausdauernd applaudiert worden.

Über das Internet bestellte er sich den Band »Carl Philipp Fohr und seine Künstlerfreunde in Rom«. Wieder verblüffte ihn die sichere Linie, als spränge ein Wasserzeichen aus dem Papier.
Mit Madame rechnete er nicht mehr. Sie überraschte ihn, atemlos, als käme sie von einer strapaziösen Besprechung: Grüß dich, Robbi. Jetzt bekommt deine Angelegenheit Hand und Fuß. Das letzte Buch! Und wie! Gleich in vier Bänden.
Sie ließ ihm Zeit für eine Frage: Johnson? Aber genau genommen geht es ja nur um den vierten Band.
So genau nehmen die in Klütz das nicht. Sie bieten dir sieben Wochen während der Saison an, allerdings wirst du nicht im Hotel untergebracht, sondern privat. Honorar: 6000 € plus Reisekosten. Lesebeginn: Anfang Juni.
Bis dahin sind es ja nur noch ein paar Wochen.
Da hast du Zeit, dich vorzubereiten. Den Vertrag bekommst du über mich.

Er lauschte einen Moment, schwieg und schloss das Gespräch mit einem Satz, der Madame Susi hörbar vergnügte: Auf nach Jerichow!
Sie lachte verlegen und wurde unvermittelt ernst: Auf alle Fälle komme ich nach, in der dritten Woche. Falls ein Bett für mich dort frei ist.
Er las sich ein. Es ist nicht meine Musik, sagte er, ich muss mich einüben. Bis er nach einigen Tagen und unruhigen Nächten süchtig war und anfing, wie Johnson zu denken.
»In der Ostsee zum ersten Mal schwamm das Kind das ich war vor dem Fischland und in der Lübecker Bucht«, erzählt Gesine von dem Kind, das vielleicht auch der Genosse Schriftsteller war, dem sie ihre Erinnerungen anvertraut. Weit weg von Jerichow, weit weg von dem Kind, das sie war, nah ihrem Kind, der kleinen Marie, in New York, am Hudson.

Er brach nicht mit Schwung auf, sondern stotternd, machte aus allem einen Umstand, suchte fluchend die passenden Hemden, konnte sich nicht entscheiden, in welchem Anzug er auftreten sollte, fragte sich, wie warm oder wie kühl es oben an der See sein würde, stritt sich mit dem Bahnbeamten im Computer, der ihm nicht erlaubte, fürs Wochenende eine Fahrkarte zu lösen, fand in Lena, wie er klagte, keine Hilfe, obwohl sie ihn schließlich zum Bahnhof brachte, dafür sorgte, dass ihm ein junger Mann half,

den mächtigen Koffer in den Wagen zu wuchten: Du musst eben immer Ausschau nach hilfsbereiten Reisenden halten.
Er könnte sie die ganze Reise über brauchen, doch sie musste bleiben.
Er warf ihr eine Kusshand zu, zerrte den Koffer auf Rollen hinter sich her, sah Lena durchs Fenster, und ein Schwall von Verlassenheit suchte ihn heim. Er fand eine Ecke im Waggon, in der er den Koffer stehen lassen konnte, winkte noch einmal Lena zu und ließ sich auf den reservierten Sitz sinken. Der Schaffner akzeptierte das vom Computer ausgedruckte Fahrkartenblatt. Brodbeck unterdrückte seine Verblüffung. Es war sein erster Versuch, den Fahrkartenschalter zu umgehen. Auf dem als Fahrkarte ausgedruckten Blatt konnte er genau die einzelnen Stationen ablesen: Umsteigen musste er in Hamburg und danach in Lübeck, allerdings verstörte ihn von da an eine Häufung von Bussen und obskuren Stationen: Dassow, Lübecker Straße, wo, man konnte da nicht sicher sein, ein Bus Richtung Klütz Kirche wartete.

Er kam an, den ganzen Tag war er unterwegs gewesen. Nun stand er vor der Kirche von Klütz, wartete auf Wendelin Schulz, der ihn abholen und zu seinen Gastgebern bringen sollte. Er kam auch, unverkennbar, auf ihn zu, rund und schwarz gekleidet wie

ein Pastor, den Schädel haarlos und glänzend, eine johnsonsche Pfeife war ihm zwischen die Lippen gewachsen.
Er nickte, griff mit der einen Hand nach dem Koffer, mit der andern nach der Pfeife: Freut uns, sagte er und schloss in die Begrüßung das ganze Kaff ein. Der Abholer stellte sich vor und fügte rasch und sonderbar verlegen hinzu: Betrachten Sie mich als ausgedünntes Empfangskomitee. Das Literaturhaus Uwe Johnson, in dem Sie ab Sonntag zu hören sein werden, wird regiert von zwei Damen. Ich bin sozusagen der immer abrufbare Leser. Kommen Sie.
Er ging ihm auf einer Dorf- und Durchgangsstraße voraus, bog in eine Gasse und blieb vor einem schmucklosen Haus stehen, klingelte, rief: Elsbeth. Worauf die, zierlich, den Rücken krumm und das graue Haar kurz geschnitten, die Augen zusammengekniffen, als müsse sie ständig in die Sonne sehen, in der Tür erschien, Brodbeck vom Kopf bis zu den Füßen musterte: WillkommenkommenSieherein. So redete sie weiter, ohne Pause, Punkt und Komma.
Im Haus, eine enge Stiege führte hinauf zu seinem Zimmer, roch es heftig nach Bratkartoffeln.
Die letzte Stufe, da müssen Sie aufpassen, ist um eine Spur höher, vor allem wennse besoffen heimkommen.

Sie lud ihn zum Abendessen nach unten in die Küche, es gebe Bratkartoffeln und Spiegeleier, wegen der Gesundheit dazu Gurkensalat. Sie genoss es, wie er genoss. Die Bratkartoffeln sind erste Klasse.
Mit der Gabel brachte sie den Tellerrand zum Klingen: Womit Sie recht haben. Sie fand, was er vorhabe, nämlich die ganzen vier Bände von dem Johnson vorzulesen, waghalsig und gefährlich für seine Gesundheit. Bei dieser Sprache könne er heiser werden. Und zwei Stunden zusammengekrümmt über einem Buch zu sitzen, könne ihm die Lunge einschnüren. Sie werden schon sehen. Sie klopfte von Neuem mit der Gabel auf den Tellerrand. Aber der Schulz ist eine Seele von Mensch, sagte sie, wie um ihn hinwegzutrösten über alle Gefährdungen und Schwierigkeiten, die ihn erwarteten. An den sollten Sie sich halten.

Lena schilderte er am Telefon Elsbeth Horn, seine Zimmerwirtin, sie hätte ihm seinen Klützer Anfang erleichtert. In den Tagen, bevor er las, spazierte er durch den Ort. Schulz begleitete ihn.
Wir befinden uns in einem ehemaligen Getreide- und Bohnenspeicher, vier Stockwerke, zweie sind dem Dichter von Klütz, dem Erfinder von Jerichow, Uwe Johnson, gewidmet. Er beherrschte den ausgeleierten Tonfall eines professionellen Fremdenfüh-

rers. Was Bohnen in dem Speicher zu suchen hatten, kann ich nicht erklären.
Besonders intensiv befasste er sich mit der Ausstellung im zweiten Stock: Sie ist den »Jahrestagen« gewidmet. Da können Sie den Meister über sich selber hören.
Hab ich schon, wehrte Brodbeck ab. Er wollte nicht festgelegt werden, nicht gegen diese überredende, die Erzählung beherrschende Bassstimme anreden.
Von dem Mädchen an der Kasse erfuhr er, dass es für die ersten Lesungen schon Voranmeldungen gebe, wie viele, sagte sie nicht. Sie traten hinaus, ließen mit ein paar Schritten den steinernen Kasten hinter sich. Schulz versprach nach so viel geballter Literatur nun einen lockeren Ausflug in die Geschichte.
Den Turm von Sankt Marien können Sie im ganzen Klützer Winkel sehen. Ein romanischer Zeigefinger der Evangelen. Sie müssen wissen, meine Familie ist aus irgendeinem regionalen oder irrationalen Versehen katholisch. Immerhin gibt es ein Kirchlein für uns, das nicht ohne Tiefsinn Mariens Himmelfahrt gewidmet ist.
Wenn er lachte, hörte es sich wie ein chronischer Husten an. Sie spazierten auf das Schloss zu, es habe erst den Plessens gehört, danach den Bothmers, die Land kauften, die Lindenallee setzen ließen – er hielt an: Aus diesem Abstand ließe sich das Ensemble in seiner natürlichen Umgebung besser ertragen.

Auf dem Rückweg durch die Innenstadt bemerkte Schulz, die Wende habe an Farbe nicht gespart. Na ja, Fassaden, setzte er hinzu. Er wies auf einen Garten, nahe an der Straße, in dem unordentlich Stühle und Tische standen. Er müsse sich verabschieden, doch das Café Kunterbunt hier könnte ein Ort werden, um sich zurückzuziehen und nach all der Leserei sein Schweigen auszukosten. Die jungen Leute, die dieses staubige Wieseneck bewirtschafteten, mussten den Klützern, nahm Brodbeck an, verwegen erscheinen. Aber »verwegen« wurde wohl auch hier mit »alternativ« gedämpft.

Schulz verschwand. Brodbeck lehnte sich zurück, der Stuhl sank in den Rasen und hätte ihn beinahe abgeworfen. In der Herbstsonne versammelten sich Mücken. Ihr Sirren wurde zum Grundgeräusch, das von einem gelegentlich vorbeifahrenden Auto übertönt wurde. Hier könnte er bleiben. Der Kaffee schmeckte, das Croissant war frisch. Schulz hatte ihn noch wissen lassen, dass sie die letzte Sehenswürdigkeit von Klütz noch am Abend absolvieren würden, und ihn »in diesem Zusammenhang« zum Essen eingeladen. Die jungen Wirtsleute ließen ihn in Ruhe, einer der Jungen legte ihm sogar die »Ostsee-Zeitung« auf den Tisch.

Er wiederholte, ehe er sein Quartier aufsuchte, den Gang durch den Ort, stand eine Weile vor dem Literaturhaus und entdeckte an der Tür das Plakat für seine Lesungen. Schrecklich, ging es ihm durch den Kopf, hier, in diesem Kaff, bleibe ich hängen, in der Gesellschaft von Elsbeth, zwei Museumswächterinnen, Gesine, Marie, Schulz und Johnson, beide mit Pfeife.

Zum ersten Mal probierte er den Hausschlüssel aus. Elsbeth ließ sich nicht blicken. Er stieg hinauf in sein Zimmer und begann den Koffer auszupacken, den Schrank einzuräumen. Die vier Bände »Jahrestage« legte er auf den Tisch am Fenster. Dieses Mal lugten nicht wie sonst die Lesezeichen aus den Büchern, dieses Mal ging's vom Anfang bis zum Ende. Warum, fragte er sich von Neuem, warum muss ich mich auf die letzten Bücher kaprizieren?

Diese Frage stellte ihm am Abend auch Schulz. Er hatte ihn abgeholt, sie waren einen Hügel hinaufspaziert, zur Mühle, zur Holländermühle, dem besten und höchstgelegenen Restaurant der Gegend. Brodbeck hatte den Ausblick genossen und behauptet, dass er das Meer riechen könne. Manchmal stinkt's, ergänzte Schulz Brodbecks Witterung. Er sei eingeladen.

Warum letzte Bücher?, fragte er nach dem zweiten Glas Riesling.

Warum? Weil es wunderbare Abschiede sind, unbewusste, ungewollte Abschiede, die in einer Phase des Aufbruchs – können Sie das verstehen? – entstanden. Brodbeck geriet in Fahrt. Denken Sie an den »Stech-

lin«, putzmunter und gedankenhell, an Flauberts »Bouvard und Pécuchet«, an Faulkners »Spitzbuben«, an Joseph Roths »Legende vom heiligen Trinker« oder an Kleists zweibändigen Roman, den er verbrannte, bevor er sich erschoss.
Schulz gestand, nicht alle Werke zu kennen, und mit dem Roman Kleists nehme er sich und ihn auf den Arm, daraus können Sie nur vorlesen, wenn der Geist in Sie gefahren ist.
Das Essen schmeckte. Der Geist war stark und fuhr in sie beide. Sie tranken, tranken sich zu, probierten Schlucke wie Sätze.
Schulz deklamierte: »Manchmal, und öfter, benahmen sich die Jerichower als wären sie Klützer.« Genial, was?
Jahrestage drei, ungefähr Seite 1240.
Brodbeck genoss es, allmählich aus der Wirklichkeit zu verschwinden. Sein Fährmann war Schulz.
Auf Sie habe ich gewartet, Genosse Brodbeck, prostete er ihm zu. Genießer Brodbeck, verzeihen Sie den landesüblichen Versprecher.
Schulz wurde zum Jerichower Dämon, von Johnson ausgeschickt, ausgedacht. Und er brachte ihn dazu, sich fast in eine Ohnmacht zu trinken.
Als er aufstand, gab die Welt nach. Mir wird übel, stammelte er.
Ich begleite Sie, bot Schulz ihm an. Er hielt ihn fest, als er sich auf der Toilette erbrach. Mit der Serviette,

auf die Brodbeck vorher die Titel der letzten Bücher geschrieben hatte, putzte er ihm den Mund ab. Ich bringe Sie zu Elsbeth.
Am andern Morgen wusste er nicht mehr, wie er in seine Herberge gelangt war. Womöglich hatte ihn Schulz, der runde, der mächtige, wie einen Sack geschleppt.
Er hatte noch einen Tag.
19 Uhr. Zwei Stunden vorher meditierte er im Café Kunterbunt. Ungerufen sprach ihn einer der Jungen an. Er wisse ja, dass er diesen Lese-Marathon vorhabe. Dass er sich das zutraue, finde er stark. Ob er noch einen Klaren zur Stärkung wolle?
Ein Espresso wäre dienlicher. Mit diesem Wunsch trat Schulz auf und holte ihn ab. Die Leute strömen, na sagen wir, sie sickern.
Vor dem Literaturhaus standen sie in kleinen Gruppen. Die meisten sind nicht von hier, stellte Schulz fest, wahrscheinlich Feriengäste aus Boltenhagen, Gebildete aus Grevesmühlen. Er sei von den Damen gebeten worden, sie zu begrüßen. In aller Kürze, versicherte er. Im Saal warteten etwa fünfzig Personen, unter ihnen verbarg sich, laut Schulz, der harte Kern, an die fünfundzwanzig. Er würde sie kennenlernen.
Schulz stellte Brodbeck vor, rühmte seine Vortragsweise, als hätte er ihn oft gehört.
Dann begann er. Er hangelte sich durch den Text und fand wieder Gefallen an seiner Widerspenstig-

keit, den Stockungen, den sprunghaften Additionen. So verging ihm die Zeit, und ein kräftiger Applaus belohnte ihn.
Die beiden Hüterinnen des Hauses luden ihn und Schulz zu einem Imbiss ins Büro ein. Es gab Häppchen und Tee. Mit einem Schuss Whisky. Johnson zum Andenken.

Die Tage begannen sich zu ordnen. Das Frühstück mit Elsbeth zog sich meistens in die Länge, er hörte sie ab nach Klützer Neuigkeiten, dann zog er sich in sein Zimmer zurück, um sich, so behauptete er, auf die Lesung zu konzentrieren. Er legte sich hin, döste in den Nachmittag hinein und verschwand auf Zehenspitzen über die Treppe, suchte einen Platz im Garten des Cafés Kunterbunt, wo er, gegen sechs Uhr, von Schulz abgeholt wurde. Im Café las er, was er sich für den Abend vorgenommen hatte; er horchte auf die Stimmen seiner Gastgeber in der Küche, auf die Geräusche der Stadt, erschrak, wenn ein Bus vorbeidonnerte.
An einem dieser Nachmittage begann er, mit Gesine zu reden, über Marie. Er redete so laut, dass eine der jungen Frauen sich aus dem Küchenfenster lehnte und fragte, was er wünsche. Verlegen winkte er ab.
Es kann passieren, dass ich in dem Buch verschwinde, sagte er Lena am Telefon.

Ich komme und pack dich, ehe du endgültig weg bist, bekam er zu hören.

Ich meine es ernst, Lena.

Ich weiß es, Robbi.

Er hört sie atmen. Sie denkt nach. Sie hat etwas vor, denkt er.

Soll ich kommen?, fragt sie.

Er nimmt das Handy vom Ohr, schüttelt den Kopf. Aber nein. Ich sollte dir mit meinen Spinnereien nicht auf die Nerven gehen. Er erzählt ihr von Schulz, der dafür sorge, dass er der Klützer Wirklichkeit erhalten bleibe.

Was wirst du heute lesen?

Das kannst du hören: »Auf dem Schild des Harcourt Arms hängt schon seit Jahren die Tafel mit der Aufschrift ›Nichts frei‹, und eine dieser Unterkünfte ist ganz in neuem Rosa gestrichen; so gehen die Geschäfte.«

Kein Wort von Gesine?, spöttelt sie.

Nein, da ist New York dran. Lässt sich übrigens fabelhaft lesen.

Nach einer Woche wurde er heiser. Schulz brachte ihn zum Arzt, der ihm wegen seiner Jugend und weil er keinen weißen Mantel trug, verdächtig vorkam: Ich fürchte, der taugt nichts, stellte er auf dem Weg zur Apotheke fest.

Schulz widersprach ihm: Der junge Mann habe die

Praxis von seinem Vater übernommen, den guten Ruf ebenso. So gehe das in Jerichow.

Im Publikum tauchten wieder mehr Urlauber auf. Der harte Kern hielt sich, enthusiastische Frauen und in sich gekehrte Männer, mittelalt und Pfeifenraucher, typische Johnson-Fans. »Nein. Kein Heimweh nach Deutschland. Schon gar nicht bei Marie«, beginnt er. So hört er sich gern, jäh und mit einer überraschenden Feststellung. Seite 189, erster Band, hatte er Schulz gesagt. Das kann ja ein endloses Vergnügen werden, war dessen Kommentar.

Sie trat aus dem Schatten einer Hecke, lief neben ihm her: einen Kopf kleiner als er, eigentümlich beweglich, das rote Haar straff zu einem Knoten gebunden, wie eine Ballerina. Hallo, sagte sie mit einer Stimme, die er zu kennen glaubte.

Hallo. Er warf ihr von der Seite einen Blick zu.

Sie war ungefähr so alt wie seine älteste Enkelin, zwischen sechzehn und achtzehn. Sie lief leichtfüßig neben ihm her, und er hoffte, sie würde verschwinden.

Und?, fragte er so barsch wie möglich.

Kann ich Sie ein Stück begleiten?

Weswegen?

Ich möcht's eben.

Na gut, bloß sollten Sie, er schluckte und entschloss

sich zu einem den Altersabstand betonenden Du, bloß solltest du mir nicht auf die Nerven gehen.
Hab ich nicht vor.
Das werden wir sehen. Wie heißt du?
Sabrina.
Das dachte ich mir.
Sie sah irritiert zu ihm auf. Und warum?
Weil du zu einer Geschichte gehörst.
Sehr ernst antwortete sie ihm: Da müsste ich Gesine heißen. Oder Marie.
Er nickte, widersprach ihr jedoch: Es könnte diese Geschichte sein.
Sie lachte, und ihr Lachen griff ihn an: Nicht Jahrestage, sondern Vorlesetage.
Du hast ja Witz, Mädchen.
Hab ich. Sagt auch mein Deutschlehrer.
Gibt es in Klütz ein Gymnasium?
In Grevesmühlen.
Da musst du jeden Tag fahren.
Mit dem Bus, nicht mit der Eisenbahn, die fährt schon seit Langem nicht mehr.
Weißt du was, Fräulein Sabrina, auch wenn es Verrat ist, du könntest mir den Schulz ersetzen.
Sie schien von diesem nützlichen Bündnis Kenntnis zu haben und wiegelte mit einem pfiffigen Vorschlag ab: Er könnte ja am Vormittag und ich am Nachmittag und vielleicht nach der Lesung.
Abends gehörst du nach Hause.

Ich bin schon sechzehn. Meine Mutter dreht nicht durch, wenn ich mal zu spät heimkomme. In Klütz weiß ohnehin jeder, wo jede sich aufhält und mit wem.
Das hätte ich wissen müssen. Ich entschuldige mich. Wie lange werden Sie noch in Klütz bleiben und lesen?
Bis Seite 1891. Vierter Band. Falls mir nicht die Puste ausgeht oder die Pumpe versagt.
Also noch bis zum Herbst. Und vorher, bald, habe ich große Ferien. Und ich könnte für Schulz am Vormittag einspringen.
Er hielt an, wandte sich dem Mädchen zu, packte es an der Schulter, zog aber die Hand gleich wieder zurück. Das geht auf keinen Fall. Ich brauche Abwechslung. Und dieses Kaff bietet mir wenig.
Um diese Zeit besuchen Sie das Café Kunterbunt. Meistens allein.
Und Herr Schulz holt Sie ab zur Lesung. Warum müssen Sie allein bleiben?
Müssen stimmt nicht. Aber ich *muss* auf jeden Fall das Buch holen. Da habe ich Betonungen angezeichnet. Pausen, die notwendig sind.
Sie gab nicht auf: Ich komme mit. Elsbeth kennt mich gut.
Das fehlte mir gerade noch.
Er begann, hatte er den Eindruck, mit ihr zu spielen nach einem eingeübten Text.

Tatsächlich war das Mädchen mit Elsbeth vertraut. Sie begrüßten sich herzlich, und Elsbeth war keineswegs erstaunt, dass Sabrina ihn begleitete.
Sabrina geht immer ihre eigenen Wege, sie ist bekannt dafür, meinte sie, als er mit dem Buch zurückkam.
Elsbeth hatte bis dahin noch nie eine der Lesungen besucht. Er sah auf das Buch in seiner Hand, unterließ es, sich die »eigenen Wege« erklären zu lassen. Dafür hatte Elsbeth vermutlich ihre Version, mit der Sabrina nicht einverstanden sein würde.
Er ließ Sabrina schweigend neben sich her gehen, bis sie den sich in der Abendsonne badenden Café-Garten erreicht und in dem Eck an der Straße Platz gefunden hatten. Es gab zu seinem Erstaunen noch mehr Gäste, vermutlich vertrieben sich alle die Zeit bis zu seiner Lesung.
Kein Mensch von hier, flüsterte Sabrina über den Tisch.
Ich fördere den Fremdenverkehr. Das muss doch ernst genommen werden.
Von wem?
Er bestellte bei dem Kunterbunt-Jungen eine Weißweinschorle und für Sabrina, auf ihren Vorschlag, eine Apfelschorle. Wir beide sind fürs Verwässerte.
Er sah ihr in die grauen Augen, entdeckte Ballungen von Sommersprossen rund um ihre Nase, beugte sich ein wenig über den Tisch: Jetzt wird es ernst.

Kannst du mir sagen, warum du unbedingt darauf Wert legst, mich zu unterhalten? Schulz und Johnson sorgen ohnehin vorzüglich dafür. Also?
Sie lehnte sich zurück, faltete die Hände auf dem Tisch, senkte den Kopf.
Er musterte sie und dachte: Sie ist die Versuchsausgabe einer Frau.
Sie hob den Kopf wieder und schaute ihn an: Ich finde sie gut, die Sache mit den letzten Büchern.
Du bist mir zu jung für solche Vorlieben.
Ich weiß aber, dass Uwe Johnson mitten in der Arbeit nicht mehr weiterschreiben konnte und Mühe hatte, den vierten Band zu Ende zu bringen. Ich weiß auch, dass er ein Trinker war, vielleicht ein heimlicher, und dass er in Sherness on Sea, mit dem Blick auf die Themse-Mündung, tot umgefallen ist. »Jahrestage« ist sein letztes Buch. Vielleicht hat er noch eines schreiben wollen. Sie zog die Schultern hoch. Kann ja sein.
Du wirst mir allmählich unheimlich, Mädchen.
Will ich aber nicht. Sie hatte offenbar genug von ihm, sprang mit solchem Elan auf, dass der leichte Gartenstuhl hinter ihr umfiel. Sie zischte durch die Zähne und hob ihn wieder auf. Bis heute Abend, sagte sie.

Er nickte ihr hilflos hinterher. Die Blätter der beiden Birken raschelten hörbar, der nahende Herbst mach-

te sie mürb. Schulz ließ auf sich warten. Brodbeck fischte das Handy aus der Jackentasche. Er hatte an diesem Tag Lena noch nicht angerufen, und nach den Lesungen hatte er wenig Lust dazu.
Sitzt du wieder in deinem Kunterbunt-Garten?, fragte sie, ohne ihn reden zu lassen. Alleine?
Ja, alleine.
Wie weit bist du?
Im zweiten Band.
Sind dir nicht die Zuhörer in Scharen weggelaufen?
Dass sie in Scharen kommen, wäre auch übertrieben. Aber eine Handvoll Ausdauernder gibt es. Ich hoffe ja, du gibst auf, rufst mich an und bittest mich, dich abzuholen, mit der Aussicht, noch ein paar Tage in Boltenhagen zu bleiben.
Ich halte durch. Er hörte sie atmen, beendete das Gespräch.
Über die Hecke winkte Schulz. Es war an der Zeit. Sie schlenderten zum Johnson-Haus, vor ihnen eine Gruppe von Frauen, die zum »Stamm« gehörten. Vor dem Tor standen die beiden Hüterinnen und begrüßten die Ankömmlinge. In diesem Augenblick spürte Brodbeck, dass er Teil einer Geschichte geworden war, Johnson nacherzählt.

Sabrina stand neben der Tür zum Vortragssaal, murmelte einen Satz, den er nicht verstand, sich aber als einen freundlichen Wunsch auslegte. Schütterer Applaus empfing ihn, er verbeugte sich und verschanzte sich hinter dem Tisch, schlug das Buch beim Lesezeichen auf:

»Nebenher war der März 1933 eine Jahreszeit in Jerichow. Der Wind mochte von der See her in die Stadt stehen, in ihm flatterten doch Strähnen mit von ausgeruhter Erde, von kommender Blüte. Da waren Möwen in der Luft, verspielte Flieger. Dicke fette Tauben wärmten sich im Lee der Schornsteine, ließen sich in müßige Gleitflüge abrutschen, beschissen die lange rote Fahne auf dem Rathausdach.« Während er las, schaute er auf sein Publikum, fasste Sabrina ins Auge und dachte: Ich ziehe euch alle hinüber nach Jerichow.

Dann begann in der letzten Reihe, für sich sitzend, ein älterer Mann zu niesen, zu prusten. Er blies und posaunte. Er verlor sich in einem Anfall, gegen den er sich nicht wehren konnte. Alle, auch die in der ersten Reihe, hatten sich zu ihm umgedreht. Eine Frau sagte, ziemlich laut und ohne einen Anschein von Boshaftigkeit: Das ist ein Kurgast, einer aus Berlin, keiner von uns.

Eine der beiden Haushüterinnen war aufgesprungen und wartete das Ende des Anfalls ab: Ich schlage vor, Herr Brodbeck setzt seine Vorlesung fort. Das tat er, verlor sich noch einmal in Jerichow: »Die Spatzen ließen alle Leute wissen, dass für sie gesorgt war. Das Licht machte die Ziegel warm, strich den Putz des

Hauses gelb, machte das ergraute Holz der Hoftore lebendig. Wer dahin sah, kam leicht auf den Einfall, es sei nicht kaputt.«

Er las länger als üblich, nach zwei Stunden brach er ab: »Dann war Schriftsteller Johnson noch einmal zu sehen im Foyer des Roosevelt ...«

Er brach hastig auf. Mit Schulz hatte er ein Abendessen in der Holländermühle verabredet. Aber Sabrina blieb ihm auf den Fersen: Ich habe nicht gedacht, dass ein Schriftsteller in seinem eigenen Buch als Person erscheinen kann.

Ihr Eifer und ihre Verwirrung rührten ihn. Ja, das ist erstaunlich. Aber vorher fragen sich Gesine und Johnson, wer erzählt, und beide erklären sich: beide. Sie wechseln auch die Stimmlagen.

Ja, das hat mir anfänglich auch Schwierigkeiten bereitet. Jetzt stehen unsichtbar Noten über den Sätzen. Und es ist mir klar, wer und wie wer spricht.

Sie trottete neben ihm her: Ich bring Sie nach Hause.

Dazu habe ich dich nicht gebeten.

Ein paar Schritte vor Elsbeths Herberge machte sie jäh kehrt: Tschüs. Bis morgen.

Ende Juli steckte er tief im zweiten Band.

Nachdem die beiden Johnson-Wächterinnen ihm eine Pause von zwei Tagen vorgeschlagen hatten, fuhr er mit Schulz nach Wismar. Unterwegs ergingen sie sich in Vermutungen über Johnson. Wie er nach der

Wende, der Vereinigung, mit den Verwerfungen, mit den Schattenwürfen seiner Figuren zurechtgekommen wäre. Ob ihn das alles kaltgelassen hätte. Geschrieben war geschrieben, abgehandelt für immer. Brodbeck verbiss sich in das Wort »abgehandelt«. Da lässt sich viel reinpacken: der Zeit abgehandelt, zu Ende erzählt, abgehandelt zu welchem Preis.
Das ging Schulz zu weit.
In Wismar saßen sie auf dem Marktplatz. Es ist mir unheimlich, wie die alten Städte aufgeschminkt worden sind. Brodbeck streckte die Beine unterm Tisch aus und zwang Schulz, die seinen zurückzuziehen.
Es kamen Leute aus dem Westen und lehrten die Leute aus dem Osten zu konsumieren. So wurden sie arm und reich in einem.
Das ist ein wenig vereinfacht. Schulz reagierte, wie Brodbeck es erwartet hatte. Wir fragten uns doch, wie Johnson mit der Kolorierung zurechtgekommen wäre.
Schulz schaute nachdenklich an Brodbeck vorbei, als käme über den Platz unerwartet Johnson auf sie zu: Er war klug genug, eine solche Entwicklung zu erwarten. Und er hätte, ich bin sicher, über die Mogeleien und Durchstechereien geschrieben, hätte Personen erfunden, nein: gefunden, die sich politisch vergessen haben, Meisterverdränger, und hätte sie beschrieben.

Brodbeck lachte zustimmend: In einem fünften Band.
Oben auf dem Mühlenhügel zog es ihn zum Platz, wo die Aussicht aufs Küstenland besonders weit und spannend war. Das Bild nehme ich mit, sagte er. Schulz blieb still, schaute mit und lud Brodbeck in die Mühle ein. Eine Horde von Touristen stürmte den Gastraum, sie waren laut, rückten Stühle. Berliner, wusste Schulz, sie machen sich breit und wissen alles besser.
Das Essen wurde aufgetragen, aber, abgelenkt von dem Getümmel, unterhielten sie sich nicht, schoben, nachdem sie ein paar Happen zu sich genommen hatten, die Teller zur Seite. Sie zahlten, und beim Hinausgehen resümierte Schulz: Die Berliner Invasion tut Klütz ja nur gut.
Worauf ihn Brodbeck in die Seite boxte: Ja, Optimismus kann den Klützern nützen.

In der Gegend zwischen den Seiten 644 und 680 ballten sich die Ereignisse, nicht für die Cresspahls, sondern für ihren vor sich hin redenden Vertreter Brodbeck in Klütz; oder doch in Jerichow.
Nach einer Lesung hielt ihn vor dem Johnson-Haus eine Frau auf, die ihm im Publikum aufgefallen war: Sehr groß und fast mager – »anziehend ausgemergelt« bezeichnete er sie danach gegenüber Schulz –, die Haut auffallend blass, und in dem schmalen, von

tief liegenden Augen beherrschten Gesicht zogen sich bereits feine Falten.
Kann ich Sie einen Moment sprechen, Herr Brodbeck? Sie stellte sich ihm in den Weg.
Er blieb stehen, überrascht: Ja?
Sie ließ ihm keine Zeit, stellte sich vor: Ich bin Sibylle Kensin, Sabrinas Mutter.
Sie ist ihr ähnlich, dachte er, Sabrinas Stimme gleicht der ihrer Mutter. Diese helle Dringlichkeit und Frische.
Ich wunderte mich schon, dass Sabrina mich heute nicht, wie meistens, aus dem Café Kunterbunt abholte.
Sie ist krank, sie hat Fieber. Sie weiß nicht, dass ich mit Ihnen spreche.
Machen Sie sich keine Sorgen. Ich werde ihr erzählen, dass wir uns getroffen haben.
Sie wischte sich mit dem Handrücken die Verlegenheit von der Stirn: Ich wollte Sie bitten, Sabrina wegzuschicken, falls sie Ihnen lästig wird.
Er sah an ihr vorbei, sah zu, wie sich sein Publikum auf dem Platz vorm Johnson-Haus in kleinen Gruppen zusammenrottete, stellte zufrieden fest, dass der Abend zu Debatten angeregt hatte, dachte für einen Augenblick, dass er eitel sei.
Sie nahm seine Abwesenheit wahr und redete in sie hinein: Sie kann, wenn sie sich etwas in den Kopf gesetzt hat, schon etwas zudringlich sein.

Nein, von Zudringlichkeit kann nicht die Rede sein. Wir unterhalten uns. Sie ist stolz, nehme ich an, mit der wichtigsten Person im Johnson-Haus bekannt zu sein, auch noch mit einer, die nur auf Zeit vorhanden ist, die aus ihrem Leben verschwinden wird wie ein Windgeist.

Da er sich nicht so ausgestellt mit ihr unterhalten wollte, drängte er, für sie überraschend, zu gehen.

Kann ich Sie ein Stück begleiten?

Sabrina wird manchmal von ihrer Phantasie geplagt, ich weiß es, sagte sie, eher beiläufig. Wir zwei leben allein. Und das in Klütz.

Und das in Jerichow, ergänzte er und fragte: Und der Vater? Der Mann?

Er hat sich einen Job im Westen gesucht und eine andere Frau gefunden. Das ist eine alte Geschichte, sagte sie leise und sah ihn an. Heine, und ein Lied von Schumann.

Die Geschichte hat einen anderen Grund. Und die alte Geschichte bleibt allemal schmerzlich.

Seine Altersweisheit schien sie zu ärgern. Ich muss mich jetzt beeilen. Ich muss nach Sabrina sehen.

Und reden Sie ihr, bitte, nicht aus, mich treffen zu wollen. Ohne sie und Schulz würde ich Johnson und Klütz nicht durchhalten. Ich wünsche ihr gute Besserung.

Sie drehte sich auf dem Absatz um: Adieu.

Sehen wir uns wieder?

Ich komme in Ihre Lesungen.
Er ging ein paar Schritte hinter ihr her und entschloss sich dann, im Café Kunterbunt haltzumachen. Dort warteten Schulz und einige Johnson-Kenner. Vor dem Café machte er jedoch kehrt und ging vorzeitig schlafen.

Er wechselte die Ufer, sprang lesend übers Meer, von Mecklenburg nach Manhattan, er ließ sich mit Johnson auf die Geschwätzigkeit der »alten Tante Times« ein, und manchmal wachte er nachts davon auf, dass er weitersprach. Sogar Elsbeth störte sich an seinen nächtlichen Sprechübungen: Sie waren laut heut Nacht, Herr Brodbeck.
Mitte August, auf dem Höhepunkt der großen Ferien, bohrte er sich lesend zum Ende des zweiten Bandes, nahm, als das Publikum schon durchhing, noch einmal Anlauf und las ein weiteres Dutzend Seiten. Als er zu Ende war, nahmen ihn die beiden Haushüterinnen in ihre Mitte, führten ihn ins Geschäftszimmer, boten ihm einen Platz und belegte Brote an und erklärten ihm, dass solche Übertreibungen unzumutbar seien. Schulz schlich davon.
Vorm Haus wartete Sabrina, strahlend und besorgt, er sei gut gewesen, das Publikum habe mal ordentlich hinhören müssen. Er atmete tief ein, war nahe dran, das Mädchen zu umarmen, doch ein Schwindel drehte ihn um die innere Achse, er sah, was ihn

verblüffte, dass die Johnson-Scheune in Bewegung geriet, sich um ihn herum drehte, schwarz und übermütig, das ist Kino, dachte er noch, ehe er das Bewusstsein verlor.
Irgendjemand rief in seiner Nähe.
Er wachte auf von Schritten, unterdrückten Geräuschen, nicht im Bett bei Elsbeth, er wollte sich aufrichten, wurde sanft in die Kissen zurückgedrückt: Sie müssen sich erst einmal erholen, Herr Brodbeck. Sie hat's einfach umgehauen, hörte er Sabrina, und die Stimme einer Dame versuchte sie zu mäßigen: So etwas sagt man nicht.
Die sagt so etwas schon, korrigierte er, indem er mit Mühe eine Last auf seiner Brust anhob.
Er liege bei den Kardiologen. Sein Herz habe sich gegen die Anstrengung gewehrt mit einem sogenannten »Vorhofflimmern«.
Das ist die Diagnose, rief Lena, die an seinem Bett saß, sich weniger um ihn kümmerte, mit Sabrina und ihrer Mutter jedoch ein Bündnis schloss.
Ich möchte wissen, was ihr ständig zu quatschen habt, sagte er nach einer Weile, verließ das Bett und erklärte, sich von den Schwestern und seinem Arzt verabschieden zu wollen.
Die Johnson-Damen, die einmal verlegen an seinem Bett gestanden hatten, regelten den »finanziellen Ausfall« mit einem Briefumschlag und wünschten, dass er die kommende Woche mit der Lesung begin-

ne. Anfragen aus dem Publikum gebe es eine Menge, sodass sie mit einem gut besetzten Saal rechneten.

Die Pflegeeinigkeit wurde ihm zu viel, er zog sich mit Schulz in den Garten vom Café Kunterbunt zurück, Lena reiste ab. Sabrinas Mutter ließ sich abends bei den Lesungen blicken und Sabrina kam, wie gewohnt, ihn aus dem Garten abzuholen. Vor der ersten Lesung wollte der Applaus nicht enden. Er genoss ihn und rutschte nachlässig über den ersten Johnson-Satz hinweg, bis ihm der Meister doch mit einem Wort zwischen die Zähne fuhr: »Heereszeugamt«. »Dann war es schon zwölf, und sie reisten durch den Wald östlich von Güstrow, den Priemer, wo hinter einer dünnen Kieferwand das Heereszeugamt Nord ausgebaut wurde. Er wusste, dass Schmidt aus Güstrow dahin lieferte. Kröpelin aus Bützow, dergleichen.« Schon war er wieder in Fahrt, ließ sich ein auf die Stockungen und Anläufe, die Querläufer wie das nachhängende »Dergleichen«.
Sabrina saß neben ihrer Mutter. Sie sahen sich ähnlich, er las für sie, für Gesine und Marie.
Vielleicht fange ich an zu spinnen. Vielleicht bricht der Johnson, dieser Dämon, durch meine Haut, und ich werde in Jericho zurückbleiben.
Er hielt im Lesen inne, schaute ins Publikum. Die Pause griff eine Zuhörerin an. Sie begann zu husten, sich zu räuspern. Schulz erhob sich und verließ auf

Zehenspitzen den Saal. Er las weiter. Die Tonlage stimmte nicht mehr. Er brauchte eine halbe Seite, um zu Johnson zu kommen. Eine der Haushüterinnen brachte ein Wasserglas, stellte es auf den Tisch, sie müsse sich entschuldigen, sie habe das Wasser vergessen. Er bedankte sich, las weiter und trank bis zum Ende des Abends keinen Schluck.

Neuerdings tauchte in seinen Träumen ein schwarzer kahlköpfiger Mensch auf, der behauptete, er sei Johnson. Er erzählte Schulz, dass Johnson in seinen Träumen an seinem Bett sitze und ihn belästige, er verfolge ihn und sage kein Wort. Sie saßen im Café-Garten, und Brodbeck fand es erstaunlich, so locker über diese Träume zu sprechen: Kann es möglich sein, dass sich meine Anstrengung in seiner Erscheinung manifestiert? Schon ein wenig meschugge.

Frau Elsbeth schlug ihm, aus einer unerklärlichen Laune, vor, doch das Fahrrad ihres verstorbenen Mannes auszuprobieren. Es stünde im Keller und sei vermutlich noch fahrtüchtig. Das war's. Er war schneller, sah anders. Die Gegend, die er bisher nur unwillig zur Kenntnis genommen hatte, flog ihm geradezu entgegen.

Sabrina staunte. Das habe sie ihm nicht zugetraut.

Er hatte es sich in den Kopf gesetzt, nach Grevesmühlen zu radeln, gewissermaßen dem Krankenwagen hinterher, der ihn ins Rote-Kreuz-Krankenhaus gebracht hatte. Sabrina drängte darauf, ihn zu begleiten. Sie sollten sich einen Helm aufsetzen. Er weigerte sich. Diese Weltraumdinger sind doch lächerlich.

Aber sie können Schlimmes verhüten.

Du kannst sehr altklug sein, Mädchen.

Und Sie sehr uneinsichtig.

Sie radelten zusammen, an einem Nachmittag, an dem es kaum Wind gab und über den Himmel nur kleine Schäfchenherden zogen, die Luft nach Meer duftete und nach Lindenblüten. Sie fuhren nebeneinanderher, da sie aber fortwährend Autos Platz machen mussten, ließ sie sich zurückfallen, bis er darauf bestand, auch einmal in ihrem Windschatten zu fahren.

Was liegt Ihnen daran?, fragte sie.

Als sie vor dem Portal des Krankenhauses haltmachten, sagte er einen Satz, der sie sichtlich beeindruckte: Hier kam ich rein, ohne Wissen und Wahrnehmung. Hier ging ich raus, und jede Kleinigkeit fiel mir auf.

Er lud sie zu einem Eis ein. Wenn ich mit meinen Kindern unterwegs war, legten sie Wert auf die Eispause.

Sie schob das Rad neben ihm her: Ich bin kein Kind mehr, sagte sie, und Röte lief über ihr Gesicht.

Aber du lässt dich trotzdem einladen?

Ja, sagte sie, da vorn, wo es nach rechts geht, gibt es eine Eisdiele.
Sie saß ihm gegenüber, konzentrierte sich auf den Eisbecher, er lehnte sich zurück, balancierte die Espresso-Tasse und wartete auf ihre Attacke. Sie nahm sich Zeit. Einen Eisbecher lang. Sie schob ihn zur Seite, holte Luft und schleuderte hinaus, was sie beschwerte: Ich soll mich nicht mehr mit Ihnen treffen. Ich soll Ihnen nicht nachlaufen.
Wer sagt das?, fragte er, obwohl er die Antwort wusste.
Meine Mama, die spinnt doch.
Wahrscheinlich fürchtet sie das Geschwätz. Klütz ist ein Kaff, Sabrina.
Nein, die ist doch bloß eifersüchtig.
Jetzt spinnst du, mein Kind. Du unterstellst deiner Mutter, dass sie sich dieser üblen Dorfphantasie fügt.
Auf der Fahrt zurück vermied sie es, mit ihm zu sprechen. Er fuhr langsamer, sie fuhr langsamer. Die Chausseebäume rückten enger zusammen.
Er hielt vor seiner Bleibe an, sah Frau Elsbeth hinterm Fenster, nickte einen verwischten Gruß, wendete sich Sabrina zu, die sich auf dem Lenker abstützte: Du musst ja jetzt nach Hause.
Sie machte Anstalten, aufs Rad zu steigen. Das alles hat nichts mit Ihnen zu tun. Ich höre Ihnen zu, weil ich die Jahrestage nicht gelesen habe. Sie lesen sie mir vor. Jemand, der mein Opa sein könnte, liest mir

Johnson vor. Sie sind alt, aber Sie haben eine junge Stimme.
Er lachte erleichtert: Das sind ja alles Komplimente.
Sie schüttelte heftig den Kopf, schwang sich aufs Rad: Nein. Sie missverstehen mal wieder alles. Sie drehte mit dem Rad eine Runde, fuhr mit den Füßen auf der Straße schleifend an ihm vorbei: Bis morgen.
Verdattert wiederholte er: Bis morgen.
Die Hüterinnen des Johnson-Hauses überredeten ihn am Tag darauf, sonntags zweimal zu lesen: als Matinee und als Soiree. Er sah die beiden vor sich, zurückhaltend und herausfordernd zugleich, und sich in der Klemme.
So gewinnen wir doch Zeit, Herr Brodbeck.

»Am 26. Oktober 1938, einem Mittwoch, übernahm die Luftwaffe Jerichow-Nord. Diesmal hatte das Musikhaus Johs. Schmidt nicht um Ersatz der Kosten gebeten, sondern auf eigene Rechnung die Vorschriften für diesen Tag in der Stadt ausposaunt, sogar mit einem zum Lautsprecherwagen umgebauten Lieferauto.«
Nach der Lesung scharte sich um Schulz eine Handvoll Zeitzeugen und erinnerte sich vielstimmig und unterschiedlich an den Lautsprecherwagen. Was der alles ausposaunt hatte, welche Nazi-Anordnungen, das konnten sie allerdings nicht mehr ermitteln.

Ist das überhaupt möglich?, fragte Sabrina, die, wie aus dem Boden gewachsen, neben ihm stand. An das Musikhaus müssen sich bestimmt noch Leute erinnern. Sind Sie noch ein Nazi gewesen? Sie musterte ihn, als müsse man den Nazi an ihm und in ihm erkennen.

Ich war ein Pimpf, habe aber an den Führer geglaubt.

An Hitler also, machte sie deutlich. Wenn Sie lesen, begreife ich, dass das Johnson-Buch auch ein Geschichtsbuch ist. Da wird von den Nazis erzählt, von den Zonen, in die Deutschland nach dem Zweiten Weltkrieg aufgeteilt war, von den beiden Deutschlands, die Johnson ja kannte, auch von der Zeit vor Hitler, alles in Mecklenburg und danach alles in Manhattan. Und manchmal gruselt es mir vor der Ohnmacht dieser Leute, die von der Geschichte hin und her geworfen werden.

Er ließ sie stehen. Das Mädchen hatte recht: Die Lesung wühlte auch in seinem Gedächtnis Erinnerungen auf, verrottete Bilder, Echo-Sätze.

Beim Frühstück entfaltete Frau Elsbeth ihre theatralischen Gaben. Den Kaffee servierte sie mit verdrehten Augen, sodass er fürchten musste, die Kanne lande in seinem Schoß. Nachdem sie doch genau neben der Tasse abgesetzt worden war, zog sie aus dem Ärmel die »Ostsee-Zeitung«, faltete sie auf und legte sie aufgeschlagen auf Tasse, Brotkorb und Kanne. Hier, sagte sie, mit Verspätung! Er begriff ihre Empörung erst nicht, als er ein Bild von sich und einen kurzen Artikel auf der Klützer Seite entdeckte. Da erfuhren die Leser, dass der angestrengte Vorleser Brodbeck sich der Prosagewalt Uwe Johnsons habe beugen müssen und mit einem Schwächeanfall ins Rote-Kreuz-Krankenhaus nach Grevesmühlen transportiert worden sei. Wie lange seine Schwäche anhalte, könne noch nicht mitgeteilt werden.

Wie kommen die dazu? Jetzt nach Tagen?, fragte Frau Elsbeth sich und den krankgeschriebenen Brodbeck. Das fragte er sich auch. Das fragten sich wohl auch einige Zuhörer, sodass an den folgenden Tagen der Besuch spärlich war. Bis eine der Johnson-Wächterinnen sich überwand, mit der Redaktion telefonierte und einen erneuten Hinweis auf die Lesungen durchsetzte. Jetzt, triumphierte Schulz, darfst du bis zum Abschluss nicht mehr schwächeln, die »Ostsee-Zeitung« wacht über deine Gesundheit.

Sie zu festigen, schlug Schulz einen Ausflug an die Küste vor, ins Fischland – da können wir atmen und spazieren.

Bitte nicht wandern, bat Brodbeck, das ginge mir, um sprichwörtlich zu bleiben, zu weit.

Schulz versprach kurze Entfernungen, kleine Schritte.

Das Wetter passte. Der Himmel war weit und den reisenden Wolken gewogen. Schulz fuhr ihn in seinem nach kaltem Pfeifenrauch stinkenden Auto zuerst in Boltenhagen genau hinter die Promenade, auf der er ihn zu einem maritim einstimmenden Gang einlud.
Er atmete durch und blieb bei Johnson, indem er Schulz mit einer Feststellung verwirrte: Von hier aus kann ich die Wolkenkratzer von Manhattan sehen, und ich frage mich, welche Erhebungen Johnson sah, wenn er von dort nach Mecklenburg schaute.
Unsere Mühle! Schulz beugte mit dem knappen Einwurf einer möglichen Diskussion über mecklenburgische Erhebungen vor.
Möglich. Brodbeck wandte seinen Blick von der See ab und spähte die Promenade hinunter. Lauter Fettleibige, konstatierte er. Und weil sie sich so schön finden, ziehen sie sich unten am Strand auch noch aus. Nö!
Wollen wir weiter? Schulz versuchte, der Miesepeterei seines Begleiters zu entkommen.
In Dierhagen steuerte Schulz auf Ahrenshoop zu.
Hätte ich mir denken können. Brodbeck grinste durch die Scheibe: Sehnsucht nach der alten DDR-Kultur. Fluchtpunkt war der schöne Ort für privilegierte Wiedergänger oder solche, die es sich einbildeten. Ein Flecken für private und große Geschichte.

Von der Brandung aufgewühlte deutsche Innerlichkeit.
Schulz reagierte heftig: Pfui Deibel, Brodbeck. Johnson lesen! Kann ich Ihnen nur raten.
Diese Stelle habe ich mir gemerkt, antwortete Brodbeck tonlos und fing mit orgelnder Bassstimme an zu rezitieren: »MIT DEN AUGEN CRESSPAHLS. Auskünfte, gegeben unter den Umständen des Jahres 1949, auf die Fragen einer Sechzehnjährigen. Er war 61 Jahre alt. Warum er, als Deutscher – Er begreife sich nicht als ›Deutscher‹. Er halte es mit denen in Mecklenburg, die von den ›Preußen‹ sprechen; er habe auch schon vor den Aufenthalten in Holland und Großbritannien gedacht als an ›die Dütschen‹ die anderen. Er habe keine Lust, für die verantwortlich zu sein, weder für ihre Weltkriege noch für ihr Bild in der Welt.« Das bekommt Gesine gesagt. Und es steht im Anhang zu Band 2. Festgehalten in anderem Druck und über einige Seiten nicht uninteressant für die Klützer, denn es gibt Einzelheiten aus Jerichow.
Sie spazierten durch Ahrenshoop. Das sind doch keine Häuser, Schulz, nein, das sind Schlupfwinkel. Weg aus der Geschichte oder den Geschichten, die sie machten, rein in die rettende Gemütlichkeit.
Sie liefen am Wasser entlang, blieben mitunter stehen, sahen den Schiffen am Horizont zu.
Jetzt geht es mir besser, sagte Brodbeck.

Schulz setzte ihn bei Elsbeth ab. Als er das Haus, den zweiten Band der Jahrestage in der Hand, wieder verließ, wartete Sabrina auf ihn: Sie waren mit Herrn Schulz auf dem Darß?
Ja, in Ahrenshoop. Auf dem Fischland. Hat sich wohl ziemlich rasch herumgesprochen.
In Ahrenshoop bin ich gerne.
Brodbeck widersprach ihr nur, weil er mit ihr auf dem Weg zum Johnson-Haus im Gespräch bleiben wollte: Ich bin da nicht gern gewesen.
Ich versteh Sie nicht. Dort gibt es weniger Spießer als hier, und Galerien!
Kannst du erkennen, wer ein Spießer ist?, fragte er. Das Hin und Her von Dafür und Dagegen machte ihm Spaß.
Schon. Sicher.
Ich bin einer. Da bleibt dir die Spucke weg, was?
So ist es. Und warum?
Weil ich mich über Spießer ärgere. Das ist typisch für Spießer.
Dann gibt es wahrscheinlich bloß noch Spießer.
Das ist nicht abzustreiten. Nur noch wenige klare, unabhängige Geister sind in unserer Gesellschaft vorhanden.
Ich finde, das ist ein unglaublich spießiges Weltbild.
Bravo, Sabrina. Jetzt hast du mir altem Esel und Schwarzseher es gegeben.
Sie schaute ihn erschrocken und besorgt von der Sei-

te an: Hoffentlich habe ich Sie nicht beleidigt, Herr Brodbeck.
Die beiden Johnson-Wächterinnen warteten an der Tür.
An diesem Abend las er nur für Sabrina, die wieder brav und steif neben ihrer schönen Mama saß.

Er hatte, als es wieder kühl und regnerisch wurde, auf den Schal verzichtet, obwohl ihn Lena am Telefon beschwor, ihn umzulegen, bei seiner Empfindlichkeit. Prompt war er erkältet. Frau Elsbeth brühte Hustentee auf, doch er bestand, wenigstens zum Frühstück, auf ordentlichen Kaffee. Er hustete tagsüber, auf seiner Bude, beim vorbereitenden Lesen hustete er üble Scharten in Johnsons Sätze, am Nachmittag im Café Kunterbunt bei Grog und guter Zurede des Personals, auf dem Weg zur Johnson-Scheune mit Sabrina, bei der Begrüßung der beiden Wächterinnen hustete er. Kaum saß er aber auf dem Podium, verschwand der grässliche Reiz in der Kehle.
Schulz erkannte in der abendlichen Hustenfreiheit ein Phänomen, das mit der spirituellen Anwesenheit Johnsons zu tun habe. Kommt Husten überhaupt in den »Jahrestagen« vor?, fragte er.
Er ist mir noch nicht untergekommen. Aber ich habe ihn.
Er schleppte ihn eine Weile mit, bis zum Anfang des

dritten Bandes. Der Herbst brach bereits mit jähen Windstößen und huschenden Regenschauern übers Land ein.
Für den dritten Band brauche ich nicht lang.
Die Wächterinnen beschlossen, dass es ein Fest zwischen dem dritten und vierten Band gäbe, ein kräftigendes Atemholen. Er werde mit der Lesung des Anhangs zum dritten Band, diesen Klützer Einzelheiten, an einem Freitag enden, und das Wochenende könnte eine festliche Pause sein. Lena nahm sich vor zu kommen. Das Ende der Klützer Tage war abzusehen. Band vier lag noch vor ihm.
Schulz und Sabrina verbündeten sich zu einem ungebetenen Festkomitee. Die Besatzung des Cafés übernahm das Catering und wuchs über sich hinaus.

Als er mit Lena am Samstagabend durch Klütz schlenderte, gegrüßt von Bekannten und Unbekannten, stand unauffällig und stolz ein Kleinmobil vorm Tor des Johnson-Hauses, versehen mit einer werbenden Aufschrift: CAFÉ KUNTERBUNT, CATERING, VERSORGUNG FÜR HÄUSLICHE FESTE.
Schulz und Sabrina warteten auf sie, um mit ihnen den Aufstieg ihres täglichen Aufenthalts aus dem Lokalen ins Allgemeine zu bestaunen. Sabrina fand den »Lieferwagen« stark, Schulz schon ein bissel anmaßend, und Brodbeck entzückte sich an dem Mut

der jungen Leute, eine solche Geschichte zu beginnen.
Die Wächterinnen hatten in den Tagen zuvor über der Gästeliste gebrütet, der harte Kern werde auf alle Fälle eingeladen, die wirklich Treuen, und dann die wenigen Interessierten aus Klütz, der Bürgermeister zum Beispiel, der einen Platz meistens in der letzten Reihe wähle und ausdauernd schlief, und natürlich die Abiturienten aus Grevesmühlen, die immer wieder in wechselnden Delegationen vertreten waren. Brodbeck nannte Schulz, Sabrina und ihre Mutter, Frau Elsbeth und Lena.
Das Museum war gastfreundlich möbliert worden mit langen Tischen und Bänken und einer provisorischen Theke, die von den Kunterbunten phantasievoll bestückt wurde. Er lernte die, die er sonst in den Reihen vor sich hatte, nacheinander kennen. Jeder kam, schüttelte ihm die Hand und bedankte sich für die Abende. Und für sein Johnson-Verständnis! Schulz brachte die Dankbarkeit auf einen Punkt: Ich habe die vier Dinger nur mit Mühe gelesen. Als ein Muss. Und jetzt verstehe ich sie, und sie gehen mir nah.
Er sammelte Sätze ein, die ihm schmeichelten, wohltaten, beschämten.
Es ist Ihre Stimme.
Die Zusammenhänge werden klar.
Ich bewundere Ihre Ausdauer.

Nein, dass Sie das durchhalten!
Und das in Ihrem Alter!
Er wurde in Beschlag genommen. Lena verlor sich in der Menge. Nur Sabrina hielt sich beharrlich neben ihm. Er trank in stetem Wechsel Wasser und Wein. Das Mädchen versuchte ihn zu bremsen. Sie saufen ja richtig!
Wenn ich schon saufe, dann auf alle Fälle richtig.
Ein Mann mittleren Alters, zum harten Kern gehörend, versuchte ihn in eine Debatte über Johnsons ataktisches Schreiben zu verwickeln, seine Sprunghaftigkeit und das Denken gegen die Grammatik.
Da müsste mir, wand er ein, das Lesen schwerfallen.
Nein, Sie lassen sich auf die Sprache sprechend ein.
Auf diese Gabe noch ein langer Schluck.
Das war Wein und nicht Wasser, stellte Sabrina lakonisch fest.
Die Hüterinnen der Johnson-Scheune resümierten den Verlauf der Lesungen und deuteten eine Widersinnigkeit an, die er zur Sprache brachte: Es ist schon komisch, dass Jakob, der Liebste Gesines, in Jerichow über die Bahngeleise geht und von einem Zug überfahren wird.
Die Bahn gibt's schon seit Jahren nicht mehr.
Und seit Jahren wird vorgeschlagen, die Trasse bis Grevesmühlen wieder auszubauen.
So verrutschen die Wirklichkeiten.
Es ist eine andere als die erzählte.

Und Jerichow weiß längst nicht alles von Klütz.
Und Brodbeck musste noch eins draufsetzen: Gesine ist so alt wie ich, 1933 geboren in Jerichow.
Der Kunterbunt-Garten konnte keine Zuflucht mehr sein. Die Abende kühlten aus. Die Bäume verloren ihr Laub, und am Horizont türmten sich dramatisch Wolken. Sabrina wartete meistens mit Schirm und schien es zu genießen, wenn sie sich einhaken durfte.
Vierhundert Seiten. Ein Monat, sagte er über den Tisch im Café Kunterbunt.
Den Schal vergaß er nicht mehr. Die johnsonschen Sätze hatten an seiner Kehle gekratzt. Im vierten Band hatte der »Genosse Schriftsteller« mit der DDR abgerechnet. Er tat es in bitterbösen Aufzählungen, und der Staat, der mit sich Staat machen wollte, wurde Satz für Satz enger, zum Gefängnis.
Lies schneller, hatte Lena am Telefon gefleht, du bist schon zu lange weg.
Der Johnson könnte fünf Bände geschrieben haben, fand Sabrina.
Er träumte, dass ihn Sabrinas schöne Mama hinter die Kirche gelockt, dort verführt und er sein schlechtes Gewissen für ganz Klütz sichtbar in einer Kette von Zetteln hinter sich her gezogen habe. Er träumte, dass er auf einem Hügel, der sich von der Insel Rügen gelöst, über die See trieb auf einen Eisberg zu, der sein irdenes Schiff zu rammen drohte.

Er träumte, er gehe mit Sabrina zur Schule, und Schulz lasse ihn durch eine Prüfung fallen.

Madame, seine Agentin, hatte ihn mehrfach angerufen, nur kurze Nachrichten auf sein Handy geschickt. Es schien, sie wolle ihn bei Laune halten. Sie habe einen sehr schönen Auftrag in petto, den sie ihm allerdings nicht gleich verraten wolle. Er müsse ja erst einmal nach Klütz pausieren.
An manchen Abenden war Sabrina nicht erschienen. Sie müsse für die Schule arbeiten.
Du redest dich heraus, Mädchen.
Nein, es ist mir ernst. Es ist auch mein Leben. Und irgendwann sind Sie weg.
Zu Schulz hatte er gesagt, um sich selber zu erklären: Dieses Vorlesen kennt keine Vergangenheit, nichts was gewesen ist. Ich habe Seiten hinter mir, und die Seite, auf der ich mich befinde, ist meine Gegenwart. Alles, was diesen Zustand infrage stellt, stört.
Du lebst und liest in der Gegenwart, hatte Schulz, über sein Glas spähend, festgestellt.
Nein, mein Lieber, ich lese die Gegenwart.
Sabrina hatte sich neben sie gesetzt, den Kopf geschüttelt: Solche Philosophie kann ich nicht ausstehen.
Warum nicht? Sie macht mir, was ich mache, erträglich.

Sie suchte nach Worten, einer triftigen Erklärung, gab aber auf: Das stimmt nicht. Wir müssen zur Lesung.
Manchmal hatte ihn Frau Elsbeth geweckt, an die Zimmertür geklopft und gerufen: Es ist schon Mittag vorbei. Sie müssen aufstehen, Herr Brodbeck.
War ihm danach, hatte er geantwortet: Ich muss nicht.
Aber Sie müssen heute Abend lesen. Das ist Ihre Aufgabe.
Es war ein blödsinniger Dialog.
An Lena hatte er gemailt: Mein Zeitempfinden verwahrlost ganz und gar. Ich taumle durch den Tag und bin nur noch ein Geschöpf fremder Sätze. Abends, nach der Lesung, bin ich kurz bei mir, dann nimmt die Müdigkeit überhand.
»Aber das Kind blickt auf einen Strand in Amerika. Neben den Ausflüglern wird gearbeitet, ein Schaufelbagger kriecht mit voller Schnauze auf seinen Ketten zu einer Molenspitze, schüttet die Ladung ins Netz eines Krans, der vor sich hin seine Standfläche verlängern kann. Neben dem breiten Bohlensteig reißen ›gefärbte‹ Arbeiter mit Brecheisen die Fundamente verrotteter Bungalows aus der Erde, stapeln die Bretterschwarten ordentlich auf. Alles neu macht der Mai, die durchgehende Jahreszeit der Spekulation.«
Ich bin nicht verloren, hatte er zwischen John-

son-Sätzen gesagt, und die meisten hatten dieses Einsprengsel für eine johnsonsche Eigenheit gehalten.
Sie hatten den großen runden Tisch im Café Kunterbunt besetzt gehalten, eine Gesellschaft, die er vermissen würde. Damen und Herren aus dem harten Kern: Sabrina, ihre Mama, Schulz, eine der beiden Hüterinnen und Frau Elsbeth. Sabrina hatte im vierten Band geblättert und leise und traurig gesagt: Es sind nur noch achtzig Seiten.
Dann sind wir ja spätestens in drei, frühestens in zwei Tagen am Ende, hatte die Johnson-Hüterin konstatiert. Darauf sind wir überhaupt nicht vorbereitet.
Er hatte sich treiben lassen und nicht auf den Abschied eingestellt.
Da müssen wir aber vorbereitet sein, hatte Schulz entschlossen erklärt, und im Netz sollten wir hinweisen auf die letzte Lesung. Zwei oder drei, Brodbeck?
Ich will nicht übertreiben und euch nicht unter Druck setzen: Drei.
Er hatte sich bei der Tischrunde entschuldigt und war hinaus in den Garten gegangen, hatte mit dem Handy Lena angerufen: Kannst du übermorgen kommen? Es ist nämlich so weit. Am Donnerstag bin ich fertig.
Fertig!, hatte sie gejubelt. Fertig!

Von Neuem spürte er die Sätze auf der Zunge, ihre Schwere, ihre Spitzen. Er las langsamer, verlängerte auf drei Tage. Auch für die Abende im Kunterbunt nahm er sich Zeit.

Mit Sabrinas Mama führte er Gespräche über ihre Kinderzeit vor der Wende, und die Kunterbunter Gastgeber bereiteten sich auf die Abschiedsfeier vor, zu der Landrat und Bürgermeister sich angesagt hatten. Er bat, kein Brimborium zu veranstalten. Er habe die Klützer und ihren auswärtigen Anhang ohnehin zu lang strapaziert. Wenn ihr's schafft, schenkt einen ordentlichen Wein aus, legt allen nahe, kurz zu reden, und stellt euch ganz einfach auf die jahrestagefreie Zeit ein.

Was folgte, genoss er sehr. Von Schulz ließ er sich in der Gegend herumfahren, über die Hügel zur See, dann wieder ins Land. Zum Abgewöhnen, sagte er. Schulz nahm ihm das übel. Das ist ziemlich arrogant, Robbi Brodbeck. Du hast beinahe ein Vierteljahr dieses Land heimgesucht mit einer Prosa, die uns heimsuchte. Der Johnson soll über dich kommen. Im Klützer Winkel soll deine Seele eingeklemmt bleiben.

Sehr phantasievoll, fand Brodbeck und bat Schulz anzuhalten. Sie fuhren auf der Straße von Boltenhagen nach Klütz, nach Jerichow auf einer schütteren Chaussee. Er stieg aus, verschränkte die Hände hinterm Kopf, Schulz stellte sich neben ihn: Das habe ich gemeint.

Das meinte ich auch. Brodbeck schloss die Augen. Was er gesehen hatte, nahm er mit. Er hörte den Wind und Stimmen aus der Nähe. Jetzt fängt die Gegend an zu reden.
Du wirst mir fehlen, Brodbeck, du und Johnson. Die Abende. Dann werde ich wieder allein sein in Jerichow.
Sie stiegen, mit einem Mal sonderbar beschwingt, in den Wagen.

Am Tag der letzten Lesung kam Lena mit dem Auto. Sie hatte in Wismar übernachtet, so war sie früh genug bei ihm, sorgte dafür, dass er sich für den Tag vorbereite, anstatt in Jeans und Jacke in einem »ordentlichen« Anzug auftrete. Den hatte sie vorsorglich mitgebracht. Frau Elsbeth erschien mit einem prächtigen Strauß Astern, der komme von Verehrern, sie könne sich denken, dass es noch mehr Sträuße würden.
Die beiden Frauen planten für ihn den Tag. In allen Abschnitten ordentlich. Dass er endlich mal ordentlich zu Mittag esse, dass er danach ordentlich ausruhen solle.
Lena fing, nachdem Frau Elsbeth sich wieder zurückgezogen hatte, zu packen an, seine Sachen zusammenzutragen. Damit wir morgen zeitig wegkommen. Es ist doch eine weite Strecke von Klütz bis Frankfurt.

Er sah zu, wie sie sich über den Koffer beugte, es verlangte ihn, sie zu umarmen, aber er blieb mit hängenden Armen stehen.

Im Café Kunterbunt wurden sie mit Hallo empfangen.
Sie haben sich ja fein gemacht, staunte eines der Kunterbunt-Mädchen.
Brodbeck deutete auf Lena: Sie hat mich fein gemacht.
Er blieb nicht am Tisch, lief in der Gaststube hin und her, begrüßte Zuhörer, die ihm gratulierten und bedauerten, dass alles ein Ende habe, er freute sich, als Sabrina auftauchte, um ihn abzuholen. Wie immer.
Er lief neben ihr her, hörte sie reden, dass sie sich den Tag nicht vorstellen könne ohne den Abend mit ihm.
Mit Johnson, widersprach er.
Mit dem auch. Der kindliche Trotz, mit dem sie reagierte, gefiel ihm. Auch Sabrinas Mutter, die hell auflachte: Du bist gut.
Die beiden Haushüterinnen wachten dieses Mal nicht vorm Tor, sie kamen ihnen entgegen. Sie mussten loswerden, was ihn erfreuen würde: Der Saal ist ausverkauft. Nicht bloß der harte Kern ist gekommen. Der Bürgermeister ist schon da, der Landrat hat sich angekündigt.

Lena fasste nach seiner Hand. Und zur Rechten wurde die Hand auch in Beschlag genommen. Von Sabrina. Erstaunt schaute er sie von der Seite an. Sie tat nichts dergleichen.
Bevor er auf Seite 1847 begann, redete der Bürgermeister. Brodbeck dachte, Johnson hätte ihn erfinden können. Vielleicht hat sein Vater, ebenso kräftig und kurz und rotgesichtig, in der DDR eine jener Rollen gespielt, die Gesine so zugesetzt haben.
Danke, verehrter Herr Brodbeck, rief der Bürgermeister, es war für die Klützer ein Vergnügen, Ihnen eine ganze Saison zuzuhören. Danke!
Dabei hatte er ihm nur zweimal zugehört.
Er kam nun auf die Verwandlung von Klütz in Jerichow zu sprechen, das aber, meine Damen und Herren, immer ein wenig unser Klütz bleibt. Deswegen haben wir das Uwe-Johnson-Museum in unserer Stadt.
Mehr stand nicht in seinen Notizen. Er kehrte sich zu Brodbeck an seinem Lesetisch um: Und nun, lieber Herr Brodbeck, sind Sie dran.
Der Landrat hatte sich ausbedungen, zum Abschluss zu sprechen.
Brodbecks Stimme bebte ein wenig, sie suchte Halt in den Sätzen, die ihm vertraut waren, und von Neuem ließ er sich auf diese sperrige, erstaunlich welthaltige Erzählung ein:
»Am 9. Juni 1953 machte der Sachwalter der ost-

deutschen Republik seiner Bürgerin Gesine Cresspahl einige Vorschläge, ihre Rückkehr unter seine Fuchtel betreffend. Seine Partei gedenke nunmehr zu verzichten auf eine unmenschliche von ihren Tugenden, die Unfehlbarkeit ---«

Die Partei hat nie verzichtet!, rief eine Stimme dazwischen. Ein alter Mann mit borstigen weißen Haaren legte verlegen die Hand vor den Mund. Es war der erste Zwischenruf während all der Abende.

Brodbeck nahm ihn auf, als gehöre er zum Text: »... sie habe in der Tat Fehler begangen. Eine Folge sei gewesen, dass zahlreiche Personen die Republik verließen. Dies gilt Ihnen, Frl. Cresspahl.«

Die Unterbrechung hatte dafür gesorgt, dass das Publikum sich unmittelbar angesprochen fühlte. Das war nicht mehr nur Literatur! Die Spannung hielt bis zum Schluss: »Wir hielten einander an den Händen: ein Kind; ein Mann unterwegs an den Ort, wo die Toten sind; und sie, das Kind, das ich war.«

Der Applaus fiel geradezu über ihn her. Die beiden Haushüterinnen strahlten auf, überreichten ihm einen Strauß, vierhändig und zweistimmig: Es war einfach grandios, Herr Brodbeck. Er wagte es, beide nacheinander zu umarmen. Sie haben, dachte er, das gleiche Parfüm. Der Herr Landrat ist noch dran, mahnte die eine. Nicht noch eine Rede, flehte Sabrinas Mutter.

Sabrina hatte sich vor ihm aufgebaut, verlegen und herausfordernd: Ich möchte auch umarmt werden. Er nahm sie in die Arme, sein Klützer Enkelkind.
Nun meldete sich der Landrat: Ich bitte alle geladenen Gäste und auch solche, die unbedingt dabei sein wollen, ins Café Kunterbunt zur Abschiedsfeier. Das Lokal hat übrigens Herr Brodbeck vorgeschlagen.
In der Kurve am Café kam ihnen eine der Johnson-Hüterinnen entgegen. Wir haben etwas vergessen!
Wir?, fragte er. Nicht ein Wort habe ich vergessen.
Sie verzog keine Miene, holte aus der Handtasche einen Briefumschlag. Die letzte Rate, Herr Brodbeck.
Er bedankte sich. Zu dritt betraten sie die Gastwirtschaft. Schulz, der ihm ein Glas reichte, sagte, was Brodbeck durch den Kopf ging: Es wiederholt sich alles, Brodbeck. Solche Feste gleichen sich.
Du gibst mir das Stichwort, Schulz, auszusteigen, Abschied zu nehmen. Er umarmte ihn, küsste ihn auf die Stirn: Adieu, du warst ein wunderbarer Genosse in Jerichow. Dann ließ er ihn los, stellte sich auf Zehenspitzen, war ohnehin länger als die meisten anderen: Das wär's. Ich verschwinde, liebe Leute.
Wie von selbst ordnete sich ein Abschiedsdefilee. Jeder wollte ihm die Hand drücken, ihn umarmen. Nicht zuletzt die Haushüterinnen. Frau Elsbeth verschob das Adieu auf morgen früh, und Sabrina ver-

langte noch einmal, in die Arme genommen zu werden, aber, bitte, ausführlicher.
Lena durfte ausnahmsweise in Frau Elsbeths Wohnstube auf dem Sofa schlafen. Zu dritt saßen sie in der Küche, Frau Elsbeth hatte zu einem notwendigen Absacker eingeladen, aber sie unterhielten sich nicht, schwiegen sich aus, bis Frau Elsbeth mit einem Seufzer feststellte: Klütz ist doch nicht Jerichow.
Brodbeck nahm einen tiefen Schluck und sah seiner Wirtin auf Zeit in die blassblauen Augen: Warten wir's ab, Bücher, vor allem letzte Bücher, haben ihre Wirkung.
Mit diesem Satz beendete er seinen Auftritt in Klütz, wünschte Frau Elsbeth und Lena, die sich ins Wohnzimmer zurückzog, eine gute Nacht und schlief, traumlos, bis Lena ihn weckte: Das Auto ist schon gepackt, und Frau Elsbeth wartet mit dem Frühstück.
Neun Stunden, mit einem Halt an der Tankstelle, lagen zwischen Klütz und Frankfurt, zwischen dem und Jerichow ein Buch in vier Bänden.

Es fiel ihm schwer anzukommen. Die Wohnung erschien ihm zu groß. Sein Arbeitszimmer wies ihn ab. Er kauerte vor dem Regal, ordnete die Bücher ein, Lena stand hinter ihm und legte sehr leicht ihre Hände auf seine Schulter.
Und was hast du noch vor mit den letzten Büchern?

Ich könnte noch einige in mein Programm nehmen.
Sie blieb, als er sich ächzend aufrichtete, hinter ihm stehen. Fragst du dich nicht, wann du ein letztes Buch zuletzt vorliest, Robbi?
Er drehte sich zu ihr um: Wenn ich es bedenke, sind wir die beste Besetzung für ein letztes Buch. Wir müssen nur aufpassen, nicht aus dem letzten Kapitel zu fallen.
Manchmal sagst du Sätze, die ich aufschreiben möchte.

5.

Ein paar Wintermonate nach der Rückkehr aus Jerichow meldete sich Madame mit einem Auftrag, einem dicken Ding, wie sie respektlos sagte, das ihn sicher Wochen beschäftigen würde: Fontanes »Stechlin«. Das Fontane-Archiv wolle mit dem Kulturamt Potsdam eine »Dauerlesung« veranstalten. Er werde nicht im Hotel wohnen, sondern in einer von der Stadt zur Verfügung gestellten Wohnung. Das Archiv befinde sich in der Quandt-Villa, einem Haus, das den Hohenzollern gehört habe.

Lesungen am Abend, sagte sie, fünfmal in der Woche.

Also das Wochenende frei?

Das würde dir so passen, antwortete sie nicht ohne Hohn. Samstag und Sonntag stehen ebenso auf deinem Programm, falls nicht ein anderer Termin geplant ist.

Lena verfluchte die Idee der »letzten Bücher« und

dass es auch noch derartige Schwarten seien. Auf den Klützer Herbst folgte nun ein Potsdamer Frühling.

Als Lena ihn zum Bahnhof begleitete, regnete es einen warmen Regen. In Berlin muss ich umsteigen. Bis dahin bin ich trocken.
Er mochte die Stimmung in großen Bahnhofshallen, sie drückte die Melancholie wie aus einer Tube in ihm hoch. Er umarmte Lena, küsste sie, sah über ihre Schulter, wie ein anderer Reisender ebenfalls seine Frau küsste, nur waren die beiden jünger als sie, und das Bild vervielfachte sich wie in einer Filmsequenz.
Du bist mal wieder weit weg, sagte Lena.
Schon in Potsdam.
Zwischen fuchtelnden, sich gegenseitig mit Koffern traktierenden Reisenden suchte er nach seinem reservierten Platz. Als er saß, setzte sich die Unruhe in ihm fort, er wusste nicht, wofür er sich entscheiden sollte, zuerst die Zeitung lesen oder gleich im »Stechlin«. Er entschloss sich zur Zeitung, sie würde bis Spandau reichen. Madame hatte ihm mit dem Vertrag einen Prospekt des Fontane-Archivs geschickt, den zog er zwischen Braunschweig und Spandau mit dem Buch aus der Tasche: ein feines, nobles Haus in einer offenbar ebenso feinen Gegend.

Er wurde gleich auf dem Bahnsteig abgefangen. Eine junge Frau trat ihm in den Weg, schob die Sonnenbrille ins Haar, sagte sehr rasch Klausner, was er mit einem ebenso raschen Brodbeck erwiderte. Sie nickte, unterdrückte sichtlich ein Lächeln: Ich komme vom Archiv.

Wie besprochen.

Warum gibt es solche Anfänge, dachte er, warum verheddere ich mich in Verlegenheitsfloskeln?

Sie begleite ihn erst einmal zu seinem Appartement im Freierweg. Von dort, sagte sie, können wir zu Fuß zum Archiv gehen. Es ist kein weiter Weg. Sie kam ihm zuvor.

Dass er schlecht zu Fuß sei, demonstrierte er ihr, ließ sich, während sie durch den Bahnhof zum Taxistand gingen, zurückfallen. Sie hielt immer wieder an, drehte sich zu ihm um und nickte ihm aufmunternd zu: Wir sind gleich bei den Taxen.

Er war lange nicht mehr in Potsdam gewesen. Das letzte Mal zu einem Vortragsabend im Otto-Theater. Mit einer Schauspielerin aus dem Ensemble hatte er im Wechsel die Briefe zwischen Achim und Bettina von Arnim vorgetragen. Damals hatte er die unübersichtliche Baustelle vor dem Bahnhof als Falle empfunden. Jetzt gab es keine Gruben und Bagger mehr.

Sie hätten auch den Bus oder die Tram nehmen können, sagte Frau Klausner, aber für den Anfang – sie brachte den Satz nicht zu Ende. In einem weiten Bogen steuerte der Wagen die Peripherie an. Häuser verborgen in Gärten, breite Gehwege, angedeutete Chausseen, alles etwas abseits und düster. Der Wagen hielt vor einem dreistöckigen, in der vergangenen Epoche stecken gebliebenen Gebäude: kantig, grau und großfleckig.

Da wären wir, sagte seine Begleiterin mit aufmunterndem Jubel in der Stimme. Den Schlüssel für die Haustür gab sie ihm gleich: Der zweite Schlüssel ist der fürs Appartement. Es befand sich in der zweiten Etage. Er zog sich am Geländer die Stufen hinauf. Sie wand ihm ungefragt den Koffer aus der Hand.

Der ist nicht schwer, murmelte er verlegen.

Eben, sagte sie, ging ihm voraus und wartete vor einer Tür: Den Schlüssel haben Sie nun.

Sie entschuldigte sich bei der Besichtigung der Räume für das schlichte Mobiliar, das er als praktisch bezeichnete. Mit Bad, Bett und Küche war er zufrieden.

Sie werde vor dem Haus auf ihn warten, denn er wolle sich nach der Reise sicher noch ein wenig frisch machen. Sie verschwand lautlos wie eine Fee. Er nahm sich Zeit. Wenn sie schon warten wollte, sollte sie.

Sie ging, als er aus der Haustür trat, einige Schritte

voraus. Seine Beine schmerzten wieder. Er bat sie, etwas langsamer zu gehen. Sie schaute ihn prüfend an und meinte dann, er solle sich bei ihr unterhaken, und sie werde sich an sein Tempo halten. Sie erreichten – fast schon das Ziel, sagte sie – die Große Weinmeisterstraße. Die Umgebung erschien ihm nobel und zugleich düster, niederdrückend. Von fern sah er in weiträumigen Gärten drei klassizistische Villen.

Im zweiten Haus befindet sich das Archiv. Frau Klausner bemühte sich, den reichen Eindruck durch die Aufzählung weiterer Reichtümer zu verstärken. Nicht weit von hier ist es zum Pfingstberg und dem Neuen Garten und zu Schloss Cecilienhof.

Er dämpfte mit Vorsatz ihren Eifer: Diese Spaziergänge werde ich mir mit meinen kaputten Beinen nicht antun.

Wer weiß, sagte sie, Fontane war ja schließlich auch ein Spaziergänger.

Er überraschte sie mit einem lauten und herzlichen Lachen: Wenn ich die närrischen Angewohnheiten aller Dichter annähme, aus deren letzten Büchern ich vortrage, dann würde man mich für verrückt erklären. Das letzte Buch kommt übrigens meistens aus einem klaren Kopf.

Sie blieben vor einer stattlichen Villa stehen. Da sind wir noch nicht. Das ist die Villa Schlieffen. Aber in ein paar Schritten sind wir am Ziel.

Er sah von Haus zu Haus. Merkwürdig, ich fühle mich wie unerlaubt hier.
Sie gingen weiter, und er hatte den Eindruck, die junge Frau halte ihn besonders fest. Ihr Gefühl täuscht Sie nicht, Herr Brodbeck. Bis 1994 war das für die Potsdamer die »verbotene Stadt«. Diese edlen Häuser hatte sich der MWD, der sowjetische Geheimdienst, ausgesucht und hätten sie ein Gedächtnis, blieben sie unbewohnbar.
Das scheint Sie zu beschäftigen.
Ja, manchmal, wenn ich im Büro um mich schaue, frage ich mich, was in diesem Raum vor Jahren geschehen ist.
Diese Gedanken, liebe Frau Klausner, wird uns der alte Stechlin austreiben. Ich bin sicher. Sie blieb vor einem kargen Vorgarten stehen, durch den ein Weg zum herrschaftlichen Aufgang und Eingang führte: Da wären wir. Dieses Mal stand nicht ein verdoppeltes Empfangskomitee in Gestalt von zwei Wächterinnen in der Tür, sondern eine kleine, durch ihre straffe Haltung allerdings Respekt einflößende Dame, die Hausherrin, Frau Eliane von Dobschütz, Archivdirektorin.
Er küsste ihr, ganz gegen seine Gewohnheit, die Hand und blieb einen Moment, über sich erstaunt, stehen. Flankiert von zwei Frauen betrat er die Villa Quandt, die, wie er im Lauf der Wochen erfuhr, 1833 von der Kriegsrätin (was für ein Titel!) Ulrike

Augusta von Quandt kurz nach dem Bau erworben wurde; 1922, schon zu Zeiten der Republik, zog Prinz Oskar von Preußen mit seiner Familie ein. Das Haus wurde ihm zur Nutzung auf Lebenszeit überlassen.
Und dann?, fragte irgendwann Brodbeck.
Ich habe keine Ahnung, bekam er zur Antwort.
Es könnte sein, dass er von den deutschen Kommunisten aus dem Haus gescheucht wurde.
Nachdem er durch das Haus geführt worden war, erreichten sie – die Hausherrin hatte sich inzwischen zurückfallen lassen – ein stilvoll eingerichtetes Speisezimmer, wenn überhaupt es ein solches in einem Archiv geben durfte. Auf dem Tisch prangte eine Platte mit belegten Brötchen.
Dieses Angebot sollte sich im Lauf der Auftritte wiederholen. Solche Rituale mochte er. Sie halfen ihm, mit ihnen richtete er sich häuslich ein. Auch die kurzen Unterhaltungen mit Frau Klausner. Von ihr erfuhr er Kleinigkeiten und Misshelligkeiten aus dem Archiv, wie viele Vorbestellungen es schon für die Lesungen gab, wie viele Personen an diesem Abend zu erwarten seien, und wen er unbedingt kennenlernen müsse.
Besitzt das Archiv auch Manuskripte?
Ihr Stolz war unüberhörbar: Wir wären sonst kein Archiv.
Die Damen geizten mit ihrem Besitz. An einem Nachmittag durfte er einen Brief Fontanes an seine

Frau betrachten. Er wurde ihm »vorgelegt« von einer jungen Archivarin, die Handschuhe trug.
Er hatte zwei Tage frei vor der ersten Lesung. Frau Klausner schaute während der Mittagszeit bei ihm vorbei und fragte, ob er um die Ecke einkaufen wolle, hier in der Nauener Vorstadt, oder ob er es vorzöge, essen zu gehen.
Ich koche gern.
So kauften sie miteinander auf Vorrat ein.
Er schlug aber ihr Angebot aus, ihn in die Stadt zu begleiten.
Ich habe extra von Frau von Dobschütz frei bekommen.
Ich kenne Potsdam ganz gut, die Schlösser.
Und Schloss Cecilienhof?
Ihre freundliche Unnachgiebigkeit hinderte ihn zu schwindeln. Das kenne ich nicht, aber ich weiß, dass sich da die vier Siegermächte 1945 trafen. Zur Potsdamer Konferenz.
Das Schloss ist inzwischen ein luxuriöses Hotel. Aber auf alle Fälle sehenswert.
Er stemmte sich mit den Füßen gegen den Boden, unwillig sich zu bewegen. Nein, liebe Frau Klausner, Hotels sehe ich mir nicht an und rede mir auch nicht ein, dass es mal ein Schloss gewesen sei.

Sie holte ihn zur ersten Veranstaltung ab.
Das nächste Mal wolle er allein kommen.

Den Beginn wartete er, nachdem ihn Frau von Dobschütz begrüßt hatte, im Esszimmer mit Brötchen und Frau Klausner ab.
Der Vortragssaal, vermutlich das Wohnzimmer der kinderreichen Familie des Prinzen Oskar, fasste ungefähr hundert Stühle. Sie waren ausnahmslos besetzt. Der Beifall, der ihn empfing, war schütter, er drippelte auf fontanesche Weise. Er zog den Stuhl an den Tisch, schlug das Buch auf und warf einen Blick ins Publikum. In der ersten Reihe saßen nicht mehr Sabrina und ihre schöne Mama, sondern ein Kind, ein Mädchen, flankiert von zwei in Aufmerksamkeit und Erwartung versunkenen Frauen.
Das Kind wird sich entsetzlich langweilen.
Wie besprochen, leitete Frau von Dobschütz ein – nur kurz, wie sie, seine Zweifel schürend, betonte. Sie sprach über Brodbecks eigensinniges Unternehmen, nur aus »letzten Büchern« vorzulesen. An diesem Ort selbstverständlich aus Theodor Fontanes letztem Roman »Der Stechlin«. Im Jahr 1895, fuhr sie ohne Übergang fort, im Januar, habe der 76-Jährige mit der Arbeit am »Stechlin« begonnen. Der Stechlin, dieser unruhige See, der tiefste märkische See mit seinen 70 Metern, habe Fontane schon in den Wanderungen beschäftigt. Den Roman um den alten Dubslav von Stechlin bezeichnete er als »politisch«. Doch, sagte sie sichtlich bewegt, er schrieb auf sein Ende zu, »die Kräfte sind hin«, ließ er seinen

Freund Heilborn wissen. »Zum Schluss stirbt ein Alter, und zwei Junge heiraten sich, das ist so ziemlich alles, was auf 500 Seiten geschieht« – was für ein einfaches und der Sache sicheres Resümee!, rief sie und zeigte auf Brodbeck: Ich bitte Sie, wir freuen uns sehr, Sie durch das Buch begleiten zu dürfen.

Er atmete durch und begann: »Im Norden der Grafschaft Ruppin, hart an der Mecklenburgischen Grenze, zieht sich von dem Städtchen Gransee bis nach Rheinsberg hin (und noch darüber hinaus) eine mehrere Meilen lange Seenkette durch eine menschenarme, nur hie und da mit ein paar alten Dörfern, sonst aber ausschließlich mit Förstereien, Glas- und Teeröfen besetzte Waldung.« Er las gleichsam von oben, flog über die Landschaft. Bis zum See Stechlin, dem Dorf selben Namens und zum Schloss. Die Sätze hoben ihn über das, was sie schilderten. Er ließ sich von ihnen tragen, bis er mit ihnen bei Dubslav von Stechlin anlangte, aber das Gefühl von Weite blieb, und es fiel ihm leicht, bis zum zweiten Kapitel zu kommen, wo die jungen Herren Woldemar, Rex und Czako zu Pferd unterwegs sind, sie haben vor, den Alten zu besuchen. Und nun legte sich ein anderer Rhythmus auf Brodbecks Lippen: »Wenige Minuten später, und alle drei trabten denn auch wirklich, von Fritz gefolgt, über die Bohlenbrücke fort, erst in den Vorhof hinein und dann an der blanken

Glaskugel vorüber. Der Alte stand bereits auf der Rampe.«

Das Kind saß noch hellwach zwischen seinen Begleiterinnen. Es applaudierte wie die Erwachsenen. So weit bin ich noch nicht, sagte er sich, ich könnte ihr eins der letzten Kapitel mit der kleinen Agnes vorlesen.

Er fragte Frau Klausner nach dem Mädchen. Es sei die Enkelin von Frau von Dobschütz, und eine der beiden Frauen sei ihre Mutter und die andere ihre Tante. Es seien also Schwestern und beide Töchter von Frau von Dobschütz.

Er legte die Hände auf das aufgeschlagene Buch. Das muss ja so sein.

Ja?

Mir fiel Agnes ein, die ins Ende der langen Geschichte hinein fragt: »Is he dod?«

Ach, sagte sie und beugte sich ein wenig über ihn, und es war ein Fontane-Ach, das passte. Sie heißt Karolin.

Er sah hin zu dem Mädchen und rief: Karolin, kommst du mal?

Die Frauen ordneten sich als Schutzwall in ihrem Rücken. Sie kam zögernd, ihn misstrauisch messend, und stellte sich stocksteif vor den Tisch.

Woher wissen Sie, wie ich heiße? Sie redete ihn ganz unkindlich mit Sie an.

Frau Klausner hat es mir eben gesagt.

So, die? Sie warf der jungen Frau einen strengen Blick zu.
Ich habe mich gefreut, dass du mir zuhörtest, aber mich auch gefragt, ob das nicht langweilig für dich war.
Sie sah über den Tischrand zu ihm auf, dachte nach, wollte ihn vermutlich mit einer Antwort nicht beleidigen, schob dann die Zungenspitze zwischen die Lippen: Sie haben gut erzählt. Wirklich. Und Sie haben manchmal geredet wie ein anderer.
Wie meinst du das?
Wenn zwei miteinander reden, habe ich das gemerkt.
Eine der beiden Frauen zupfte an ihrem Kleid: Das möchte Herr Brodbeck nicht unbedingt wissen, Karolin. Sie stellte sich neben das Mädchen. Ich bin ihre Mutter, Melanie Röder.
Doch, das möchte ich unbedingt wissen. Weißt du, warum? Weil es mir vorkommt, du seist eben aus dem Buch gehüpft als das Mädchen Agnes.
Das war zu viel für sie. Sie wehrte sich gegen den Unsinn, den der alte Mann von sich gab:
Ich bin aber nicht Agnes.
So ist es. Nur hast du mich an sie erinnert.
Die bin ich aber nicht.
Er erhob sich, merkte an den Schmerzen im Rücken, dass er zu lang angespannt gesessen hatte, und sagte, als er sich abwendete, leise: Schade.
Frau Klausner fing ihn ab. Man treffe sich noch im

Teezimmer. Einige Gäste und nicht zuletzt auch die Familie von Frau Dobschütz.
Das Kind auch?, fragte er.
Das auch. Sie blieb ihm den Kommentar, der ihr auf der Zunge lag, schuldig.
Auf dem Tisch wartete wieder die Silberplatte mit belegten Brötchen. Er zog zwei Stühle von der Wand, in der Hoffnung, Frau Klausner würde an seiner Seite bleiben. Sie folgte dieser stummen Aufforderung.
Das Zimmer füllte sich rasch. Namen wurden genannt. Er drückte Hände. Der Praktikant fragte, wer weißen, wer roten Wein wünsche. Gläser wurden auf dem Tisch hin und her geschoben. Die Gesellschaft begann, Brötchen zu kauen, und schob das Gespräch auf.
Ein hünenhafter Mann, der am Fenster stand, hatte den Mut, mit vollem Mund zu sprechen: Lauter letzte Bücher. Warum? Sind sie als letzte Bücher zu erkennen? Sind sie besser, tiefsinniger als die im Werk vorangegangenen? Ist das, bester Herr, nicht eine Marotte, eine sentimentale Werbeidee?
Auf ein solches Fragengewitter war er nicht eingestellt. Er hatte vor, sich zurückzulehnen und feiern zu lassen. Frau Klausner schob ihm ein Glas Weißwein hin: Riesling, sagte sie.
Er trank einen Schluck, fand den Wein für den Abend erstaunlich und versuchte eine Antwort für diesen Kerl, der sich nicht einmal vorgestellt hatte:

Sie werden sich, nehme ich an, auch fragen, weshalb ein alter Mann wie ich sich noch solchen Anstrengungen unterzieht. Das hat mit Gewohnheit, mit Sucht zu tun. Auch ein Achtzigjähriger ist nicht frei davon. Allerdings merke ich gelegentlich, wie der alte Stechlin, dass ich schwächele, und damit wäre ich bei Ihren Fragen angelangt: Nein, das ist sicher, keiner hat gewusst, dass es sein letztes Buch sei. Fontane hat noch eineinhalb Jahre gelebt, nachdem ihn der »Stechlin« erschöpft hatte. Und wie konnte Johnson wissen, dass er mit dem vierten Band der »Jahrestage« sein letztes Buch schreibe? Ahnte Faulkner nach der Vollendung der »Spitzbuben«, dass er vom Pferd stürzen würde? Letzte Bücher sind Mitteilungen von letzten Lebensstrecken. Erschöpft, aufbegehrend, müde, schlaftrunken und todessüchtig. Er holte tief Atem. Das wär's.

Die Runde hatte gespannt den Wortwechsel verfolgt, auch das Kind, das jetzt mit baumelnden Beinen zwischen Mutter und Großmutter saß.

Der Provokateur stieß sich vom Fenster ab, wurde zu einem übermächtigen Schatten, trat ins Licht. Danke, sagte er, nahm Platz am Tisch und beugte sich zu Brodbeck hinüber. So konnte er erkennen, dass sein Widerpart keineswegs mehr der Jüngste war. Ich habe versäumt, mich vorzustellen: Rüdiger Schlieffen. Ich bin Internist und habe hier in Potsdam eine Praxis. Ich habe mit Grund versucht, Ihrer Vorstellung

von Ende, Abschluss, Zuletzt auf den Grund zu kommen.
Die Gesellschaft kam erleichtert zu sich. Es wurde laut. Frau Klausner unterhielt ihn, indem sie mit ihm die nächsten Termine besprach, ihn zu einem Ausflug an die Havel überredete. Sie sitzen einfach zu viel, Herr Brodbeck, das ist nicht gesund.
Als er sich verabschiedete, dankte ihm Frau von Dobschütz, die ihre vor lauter Müdigkeit noch dünner gewordene Enkelin an sich drückte, indem sie ihm eine bewunderungswürdige Kraft bestätigte. Er dankte, ging vor dem Kind mit Mühe in die Hocke. Gute Nacht, Agnes. Sie fiel ihm gleich und heftig ins Wort: Ich bin aber nicht Agnes.
Gute Nacht. Jetzt freust du dich wohl aufs Bett.
Und Sie auch, sagte das Kind, das nicht Agnes sein wollte.

Sie ist die Enkelin von Frau von Dobschütz, schilderte er das Kind Lena am Telefon, dünn, durchsichtig, mit krausem schwarzem Haar, was man bei diesem Geschöpf gar nicht erwartet. Darunter eine runde Stirn, sehr dunkle große Augen und einen meistens offenen kleinen Fischmund.
Am nächsten Tag entschloss er sich nach dem Frühstück, die »verbotene Stadt« zu erkunden, nach Spuren zu suchen. Sie waren nicht zu finden, zu erkennen, aber zu spüren. Es kam ihm vor, als hätten sich

Einschüchterung und verheimlichte Gewalt von einst wie eine dünne graue Schicht von Angst und Schmerz auf die Gegend gelegt.

»Letzte Bücher«, die Brodbeck auf seiner Vorleseliste hatte:

ALFRED DÖBLIN: »Hamlet oder Die lange Nacht nimmt ein Ende«

UWE JOHNSON: »Jahrestage«

JOSEPH ROTH: »Die Legende vom heiligen Trinker«

THOMAS MANN: »Die Betrogene«

THEODOR FONTANE: »Der Stechlin«

GUSTAVE FLAUBERT: »Bouvard und Pécuchet«

WILLIAM FAULKNER: »Die Spitzbuben«

PAUL KORNFELD: »Blanche oder Das Atelier im Garten«

MAX FRISCH: »Der Mensch erscheint im Holozän«

Die Eiertänze ums *Letzte* und *Allerletzte*, Ausdruck einer leisen Furcht, sollten mich nicht davon abhalten, an das *Letzte Buch* zu denken. Es wird nie mit Wissen, sondern zufällig entstehen. Dennoch holte ich mir bei meinem Hausarzt Bescheid, wie lange ich *es noch machen* werde, eine Wendung, die genau wiedergibt, worum es geht. Die Aussichten sind nicht sonderlich. Lunge, Herz und Nieren arbeiten recht desolat und nur unterm Stimulans von Medikamenten. Ich solle mich aber damit trösten, dass das Gehirn noch ordentlich durchblutet sei und die Einfallskraft nicht beeinträchtigt zu sein scheint.

Es ist wahr, ich bewege mich zu wenig, da meine Beine bei jedem Schritt schmerzen. Doch es gelingt mir, einem Kopfwanderer, immer wieder unterwegs zu sein mit denen, die ausgezeichnet zu Fuß waren: mit Hölderlin, mit Waiblinger, mit Schubert und jetzt mit meinem neuen Gefährten, den ich mir für dieses Unternehmen gewählt habe, mit Fohr. Ich bin mit ihm erzählend von Heidelberg nach Rom gewandert, über den verschneiten Gotthard. Und das ohne sich verweigernde Beine und ohne stockenden Atem!

Damals, als ich ihn in Heidelberg entdeckte, begleitete mich Dolf Sternberger, der nach 1945 den »Verfassungspatriotismus« erdachte, in das Kurpfälzische Museum. Im Gespräch mit ihm fiel mein Blick auf eine Zeichnung, ein Porträt von überwältigender Klarheit, das Kondensat eines Gesichts. Bei genauerem Hinsehen erwies es sich als das Selbstbildnis des Malers Karl Philipp Fohr (1795–1818).
Sternberger wusste Bescheid: Einer jener hochbegabten Deutsch-Römer, erklärte er, er habe zwar Verbindung zu den sogenannten Nazarenern gehabt, sei aber eigen und für sich geblieben. Ein Heidelberger, sagte er, und mit einem Anflug von Stolz: Die Prinzessin Luise von Hessen, die badische Darmstädterin, habe ihn gefördert.
Ruhig und schweigsam hielt er es neben mir aus, und es kam mir vor, als schlössen wir Fohr in ein noch nicht geführtes Gespräch ein.

Ein Gedanke half mir weiter: Zeichnungen wie die Fohrs entsprechen in der bildenden Kunst den Liedern in der Musik. Sie verwenden Vorlagen und sind zugleich Konzentrate, die der Balance bedürfen, der Sicherheit des Ausdrucks, der auf Mehrstimmigkeit oder die Vielfalt der Farben verzichtet.
Ich habe, während ich mich auf Fohr vorbereitete, immer wieder die Lieder Schuberts gehört, auch die Klaviermusik. Die Lieder der »Winterreise« haben

mir als Flüchtlingsjungen Unruhe und Ortlosigkeit erklärt. Ich brauche sie bis auf den heutigen Tag. Es hat mich überrascht, Wilhelm Müller, den Dichter der »Winterreise«, im römischen Umfeld Fohrs zu treffen. Müller war häufig Gast im Café Greco. Dort dürften sie sich kennengelernt haben. Müller befreundete sich mit dem Freund Fohrs, Sigismund Ludwig Ruhl, ohne Fohr jedoch in seinen Briefen aus Rom zu erwähnen.

Rom war das Ziel der Schwärmer. Es war Mode, die wachsten, anregendsten Künstler der Epoche fanden sich dort ein. Goethe und Tischbein, Hensel und Fanny Mendelssohn, Wilhelm Waiblinger und Wilhelm Müller, Ludwig I. von Bayern, Fohr und Koch, Schnorr von Carolsfeld und Peter Cornelius. Idealisten und Ideologen. Die Zeit nach Napoleon, mit ihren Hoffnungen und Veränderungen, schürte ihre Unruhe und ihre Erwartungen. Und es steigerte ihr Lebensgefühl, so, wie Wilhelm Müller es in seinem »Rom, Römer und Römerinnen« enthusiastisch ausdrückte: »Es ist wohl wahr, was Schiller sagt, dass der Bettler an der Engelspforte glücklicher lebt als wir im kalten Norden, und zwar nicht allein darum, weil er das ewig einzige Rom sieht. Er genießt, während er im Norden noch mit den Bedürfnissen kämpft. Aber was verlangt er auch zum Genusse? Lebensgefühle, Gesundheit und Heiterkeit gab ihm der Himmel, sein Erwerb ist seine Freude, eine Laute oder eine Pfeife, oder er reihet Rosenkränze aus bunten Beeren und lässt sie vom Heiligen Vater einsegnen, oder er betet für die Seelen im Fegefeuer, und wenn der Tag einmal einträglich gewesen ist, so vergisst er alle Leerhändigen, die er überwunden und vielleicht bald wieder zu überwinden hat, und geht in das Puppenspiel oder in die Osterie. Nur zu dem Karneval legt er einige Groschen zurück, und während die Staatskarossen mit den glänzenden Masken im Corso auf und ab rollen, springt er, in bunte Lappen genähet, mit Pritsche und Schellenhut durch die Gassen von Trastevere und singt:

Godete, Giovinotti,
spendete allegramente,
or non si guarde niente:
È tempo di goder.«

Bei meinen Aufenthalten in Rom habe ich – noch nicht an Fohr denkend – in Gedanken mit Waiblinger oder Goethe Umgang gepflegt. Sie genossen die Offenheit ihrer Gastgeber, ihre spielerische Nähe, auch die schöne Unverschämtheit und litten so gut wie nie an Heimweh. Das konnte ich, mitunter angestrengt von der täglichen Stadtwanderung aus der Gegenwart in die Antike, durchaus verstehen. Mir genügten die Szenen, die mir im oder vor dem Hotel geboten wurden, die so eindringlich waren, dass ich sie über Jahre nicht vergessen konnte: Eines der Hotels erreichten wir über ein Gässchen, das die Piazza Navona mit einem kleinen Platz verband, auf dem sich die Choreografie des großen Platzes, wenn auch konzentrierter, wiederholte. Vom Portier wurden wir unterrichtet, dass Ministerpräsident Craxi mit seinem Stab die zweite Etage bewohne, weshalb der Lift »gebremst« sei und vor dem Haus ein Polizist wache und Personen, die ins Hotel wollten, kontrolliere. Wir akzeptierten die Unbequemlichkeit, die uns römisches Theater versprach. Schon der Ministerpräsident sorgte für eindrucksvolle Auftritte, wenn er zur Zeit des Frühstücks, platzend vor Wichtigkeit, begleitet von weniger wichtigen Aktenwedlern, durch die Lobby sauste, zur Arbeit, zum Regieren. Alle redeten offenbar einstudierte Texte so durcheinander, dass es sich wie ein Geheul anhörte, das sich, einen Windwirbel hinterlassend, entfernte. Vom Zimmer aus konnte ich den Carabiniere, der den Ministerpräsidenten schützen sollte, beobachten. Er spielte ein Stück für sich, eine Burleske, die mich noch in der Nacherzählung vergnügt. Sobald Craxi und sein Tross das Hotel verlassen hatten, entledigte er sich gleichsam seiner Pflicht, indem er beim Portier seine Maschinenpistole abgab, sich in voller Montur vor dem Hotelportal postierte und mit Bewohnern der Häuser rundum und Passanten ein Gespräch begann. Er flirtete mit jungen Frauen, alten Damen trug er Taschen und Körbe bis zur Haustür. Was er erzählte, konnte ich leider nicht verstehen, dass er aber gelegentlich sang, ein derber Tenor, war gut zu hören.

Die Ankunft des Ministerpräsidenten wurde dem Portier gemeldet, der wiederum rief den Polizisten, um seine Ausrüstung zu vervollständigen, ihm seine Waffe zu überreichen. Fuhr Craxis Konvoi vor, erstarrte der sonst so bewegliche Mann, salutierte und spielte gekonnt den Wächter. Den vergaß er allerdings ziemlich rasch, sobald der ihm Anvertraute im Hotel verschwunden war. In Gespräche vertieft, kontrollierte er nicht, wie es sein Auftrag war, die Personen, die ins Hotel wollten. Er posierte und parlierte. Nachts aber wurde er von einem Kameraden abgelöst, der seine Aufgabe offenkundig ernster nahm.

In dem Hotel, in dem wir ein anderes Mal unterkamen, genauer genommen eine Hoteletage in einem Palazzo, verlangte der Portier sofort all unsere Aufmerksamkeit. Er verständigte sich in mehreren Sprachen, und das in einer solchen Geschwindigkeit, dass sie sich wie eine Sprache anhörten. Spillerig, mit einem prägnanten, gleichsam geschnitzten Holznasengesicht, ein Pinocchio, saß er in einer violetten Galauniform am Empfang und bewegte sich gelegentlich in bizarren Sprüngen durch die Lobby, wenn es darum ging, Gäste zu beraten oder, wenn er gut gelaunt war, zu unterhalten. Morgens zum Frühstück und abends zum Dinner verwandelte sich der Empfangsadmiral in einen makellos gekleideten Oberkellner, der mit übertrieben eleganten Bewegungen zwischen den Tischen des kleinen Restaurants umhereilte, nicht mehr laut wie der Portier, sondern leise und diskret wie ein Ober sich verständigte, in allen Sprachen, die er beherrschte, die ihn beherrschten.

Ich erzähle (mir) die römischen Erinnerungen, um mich dem Rom Fohrs zu nähern. Die Erfahrungsschichten liegen übereinander, aber in Einzelheiten entsprechen sie sich. So wie Rom, sage ich mir, mich für ein paar Wochen überwältigte, mich in seinen Lebenskreislauf aufnahm, könnte es auch den Deutsch-Römern der Romantik gegangen sein, nur dass sie auf rätselhafte Weise sich in das Wesen der alten Stadt verloren. Wilhelm Müller hat in seinen »Epigrammen aus Rom« 1818 der »Lebensfülle« ein Lob gesungen:

Unter den hangenden Ranken des Efeus, unter der Grotte
Lauert die Nymphe, sie neckt gerne den Wanderer hier,
Ihn mit der marmornen Schale begrüßend, und lustige Sprudel
Gießt sie ihm über die Stirn, will er sich netzen den Mund.

Also sprudelt das Leben in Rom. Ihr mäßigen Weisen,
Nippet nur immer daran, oder es wäscht euch den
Kopf.

Erinnernd zähle ich mich – halbherzig – zu den »mäßigen Weisen«. Ich habe den Aufruhr der jungen Männer um Fohr mit den Augen des älteren Malers Koch verfolgt, und manchmal geraten in meinem Gedächtnis die Stimmen durcheinander. Es gibt Tage, an denen ich mich, wie ein Echo, »Petr« gerufen höre, im tschechischen Tonfall, wie es meine mährische Großmutter, die Babitschka, tat. So werde ich zurückgerufen in einen Zustand, der mich dem zweiundzwanzigjährigen Karl Fohr näherbringt, der die Köpfe seiner römischen Freunde für ein großes, sie einsammelndes Gemälde zeichnete. Es sollte eine Demonstration der Freundschaft und der politischen Zuversicht werden. Sie verstanden sich als Kandidaten für eine strahlende Zukunft. Es ist mir nicht ganz geheuer, wie die jungen Männer lebten und sich ausdrückten. Doch Fohrs Zeichnungen heben die Distanz auf.

Als ich vor Jahren, nach dem Besuch des Kurpfälzischen Museums, das Gedicht schrieb, versuchte ich Fohr auf die Spur zu kommen:

Wenn nichts mehr
von vorher ist,
nichts,
als die Linie,
nichts als der Gedanke
an ein zarteres Licht,
nichts als die aufgegebene Sprache,
dann wird er
durch geschlossene Türen
gehen
durch sonnenwarme Mauern
in den Fluss.

Mit einem Mal ist es unser beider Rom. Ungerufen und unerwartet finden sich Personen ein, von denen ich schon erzählte: Jacob Bartholdy, Felix Mendelssohns Onkel, preußischer Konsul in Rom, der seine Villa ausmalen ließ von Oberbeck, Wilhelm von Schadow, Johannes und Philipp Veit, Fanny Hensels Cousins, Sohn von Dorothea Veit-Schlegel. Und dazu noch Wilhelm Müller, der Dichter der »Winterreise«, der mich ein Leben lang begleitet. »Fremd bin ich eingezogen, fremd zieh ich wieder aus«, könnte auch in verblassenden Lettern über Fohrs kurzem Leben stehen. Manche seiner Freunde sind aufgeputzt als Altdeutsche, mit hochgeschlossener, langer Jacke und Samtbarett. Gelegentlich treten sie sogar in Ritterrüstung auf. Ihr Patriotismus hat Gründe.

Sie wünschen sich ein Ende der Kleinstaaterei, des Absolutismus.
Es ist Zeit, mit Fohr aufzubrechen. Die ihm geschenkte Frist ist erfüllt von den Bewegungen und Erwartungen seiner Epoche.
Ich rufe Grimsel, den großen Hund, den Reisegefährten. Doch da bin ich zu voreilig; er taucht erst später auf.

II

FOHR

1.

Unterm Schloss, in dem verwilderten Garten hinterm Haus, unterm Berg, hört das Kind zum ersten Mal den Vater rufen. Es hat an der Hand der Mutter laufen gelernt und wagt es, durch die Tür zu gehen, aus der Küche hinaus, in die grüne Wildnis.

Wo bist du, mon petit Charles? Wo bist du, ist die Sprache der Mutter, mon petit Charles die des Vaters.

Hier unterm Heidelberger Schloss kam Karl Fohr, in seiner Kindheit Charles gerufen, auf die Welt. Im Schatten des goetheschen Gingkobaums und begleitet von Feen und Prinzen, die seine Mama aus den Büchern rief, so lange, bis er sie selber erfand und ihre Geschichten den Eltern erzählte.

Vater und Mutter waren beide in der Nähe geboren, in einer alten Stadt, die er ebenso mit den Geschöpfen seiner Einbildung hätte besiedeln können:

Ladenburg am Neckar. Der Vater, Jakob Fohr, hatte sich als junger Mann von den Franzosen als Soldat anwerben lassen und war erst nach zwanzig Jahren heimgekehrt, hatte in Ladenburg seine Frau gefunden, Elisabetha Klin. Er trat als Mann von Welt auf, und sie galt als eigensinnige Schöne, die umworben wurde. Jakob Fohr hatte seine Sprache verlernt und lernte sie aus Liebe wieder. Die Uniform tauschte er mit dem Zivil eines Lehrers aus, aber das Französische pflegte er weiter. Er unterrichtete an der Schule der französisch-reformierten Gemeinde, der sogenannten Wallonen-Gemeinde. »Mon petit Charles« ruft er seinen Ältesten, und die Mutter fängt ihn mit »mein Karlchen« auf. Die beiden jüngeren Brüder, Georg und Daniel, nimmt er kaum zur Kenntnis. Er spielt nicht mit ihnen, auch wenn ihn die Eltern dazu auffordern. Ich muss noch was machen, war dann seine Ausrede.

Er zog es vor, allein zu spielen, die Entdeckungen seiner Phantasie für sich zu behalten und niemanden in seine Welt hineinzulassen. Zu ihr gehörte der Garten, der Berg hinauf zum Schloss, der Schlossweg, gehörten die Ritter, die er hoch hinaufschickte zum schwarzen König, vor dem er sich fürchtete, den er dennoch in seinem Reich zuließ.

Er könnte, wie der Vater fand, so blass und schwächlich er sei, auf keinen Fall Soldat werden, vielleicht ein Gelehrter. Darum nahm er ihn mit in seine Schule, dort lernte er zuhören und beim Zuhören die Gedanken wandern zu lassen, dort lernte er andere Bilder sehen.

Georg, der Bruder, fiel manchmal über ihn her, obwohl um drei Jahre jünger, doch um mehrere Kilo kräftiger, und drückte voller Wut seinen Kopf ins Gras. Er sprach Deutsch oder Französisch, wenn es ihm passte, ein Kauderwelsch, tadelte die Mutter, und der Vater stellte fest, dass es mit seiner Rechtschreibung nicht weit her sei. Seine Briefe könne kein Mensch lesen. Er begann Buchstaben und Wörter durch Bilder zu ersetzen. Das fiel ihm, worüber alle staunten, sehr leicht. Was er vorhatte, was er wünschte, zeichnete er behände und klar auf Papier: die Schule, die Neckarbrücke (wenn er in der Stadt verabredet war), den Garten mit den Weinranken an der Mauer (wenn es ihn dorthin zog) und, wenn er nach Hause wollte, das Elternhaus unter der Burgmauer. Mit der Zeit weiteten sich die Bildchen. Ausschnitte aus der Gegend wurden sichtbar, nahmen den Hintergrund ein. Nur Gesichter traute er sich nicht zu zeichnen.

Eine Veränderung setzte ihm arg zu: Er musste die Vatersprache aufgeben und die Muttersprache annehmen, da er die Schule seines Vaters verließ, um aufzusteigen ins Gymnasium, mitten in Heidelberg, wo eben nur Deutsch gesprochen wurde oder Ba-

disch. Niemand rief ihn mehr Charles. Er spürte, wie ihn der Karl festigte und verwandelte.
Papas Geschichten von den Feen, die im Nebel vom Schloss heruntergeweht kamen, hielt er nun, ohne es zu sagen, für kindisch. Die Geschichten jedoch, die der Herr Direktor am Gymnasium aus der Geschichte erzählte, Geschichten von Helden wie Siegfried, Gunter und Hagen von Tronje, erschienen ihm ungleich wahrer.
Im Zeichenunterricht schrieb er nieder, was er nun vorzog: Landschaften mit Schlössern, wie das, in dessen Schatten er wohnte, Ritter und wandernde Kinder auf einer Wiese.

Ein Mitschüler, Carl Rottmann, schloss sich ihm an, sie wetteiferten in Schnelligkeit und Genauigkeit: Köpfe malen kann ich besser, triumphierte Rottmann. Eine Gegend mit Wald und Bach gelingt mir schöner, widersprach er.
Sie redeten über die Stärke von Stiften, die Fließbereitschaft von Aquarellfarben, doch wenn Fohr den Unterricht schwänzte, weil er ihm die Zeit nahm, in Ruhe zu zeichnen, hinauswandern zu können, fand er in Rottmann keine Unterstützung.
Mein Vater würde mir böse sein.
Meiner nicht, erklärte er mit Überzeugung.
Dein Vater ist doch ein halber Franzos, meinte Rottmann.

Und was ist deiner?, fragte Fohr wütend.
Maler, antwortete Rottmann. Er ist der Universitätszeichenmeister Friedrich Rottmann.
Fohr will es ihm zuerst nicht glauben. Das bildest du dir ein.
Willst du ihn mit mir besuchen?
Lieber nicht.
Aber deine Zeichnungen könnten ihm gefallen.
Du kannst ihm ja ein paar zeigen.

Er wartete nicht auf das Urteil. Er fehlte weiter im Unterricht, wanderte weiter, redete mit sich selber, dachte sich seine Begleiter aus, eine ganze Schar, lauter Maler, Freunde. Bis Rottmann ihn einlud. Sein Vater wolle ihn gern kennenlernen.
Er war sich erst nicht sicher, ob er zu Hause erzählen sollte, was ihm bevorstand.
Ich gehe heute zum Universitätszeichenmeister Rottmann, stieß er heraus und klopfte dazu mit dem Löffel auf den Tisch. Der Carl, sein Sohn, hat es mir ausgerichtet.
Die Eltern staunten. Da kannst du stolz sein, sagte die Mutter.
Vielleicht kannst du bei ihm lernen, sagte der Vater.
Ich will auch nicht mehr in die Schule, sagte er leise.
Das wollten die Eltern nicht hören.
Rottmann fing ihn noch vor der Schule ab. Du sollst

kommen und dich vorstellen, meinem Vater gefallen deine Zeichnungen.

Wann?, fragte er.

Gleich, bekam er zur Antwort.

Die Eile lähmte ihn. Wohin soll ich denn kommen?

Rottmann grinste und boxte ihn gegen die Brust: Zu uns nach Hause.

Jetzt nicht. Er schüttelte heftig den Kopf. Non.

Die beiden Jungen standen einander gegenüber, der eine herausfordernd, der andere steif und unentschlossen.

Aber mein Vater wartet.

Ich bin darauf nicht vorbereitet und ich kann nichts mitbringen.

Du bist gefragt, Fohr!

Non. Er schloss die Augen, rannte los, sah den Weg vor sich, dachte, so müsste ich zeichnen, so aufgewühlt, so verrutscht, kam zu Hause an, hastete an der Mutter vorbei, verschwand im Garten.

Ob er keine Schule habe, fragte seine Mutter.

Nein. Non. Die brauch ich nicht.

Warum er so verdreht sei, möchte sie wissen.

Eben so.

Das sei keine Antwort.

Nein, rief er, das ist keine. Und ich hab auch keine.

Er legte sich auf die Bank, die unter der Vormauer steht, streckte sich. Er soll zum großen Rottmann,

weiß aber nicht, ob er sich fürchten muss oder stolz sein kann.
Vor lauter Anstrengung, solche Gedanken zu wälzen, schlief er ein.

Mon Charles. Eine große Hand umfasste seine Schulter: Steh auf und spiel mir nicht den kranken Mann.
Er sprang auf, schüttelte sich und riss den Mund auf, als fehle ihm die Luft.
Der Vater stand groß und breit vor ihm und hielt ihn an den Armen, als fürchte er, Karl könnte in seinem sonderbaren Zustand aus dem Gleichgewicht geraten.
Sag mir, Charles, was dir fehlt. Der Vater sprach in einem Ton, den er nicht kannte, der wahrscheinlich mit seinem Zustand zu erklären war, ein Ton, so besorgt und herzlich, dass er sagen konnte, was ihn bekümmert: Der Rottmann wünscht, dass ich ihn besuchen komme.
Der Carl, sein Sohn, geht mit mir zur Schule.
Sein Vater unterbrach ihn, eher unwillig: Das wusste ich nicht. Weshalb hast du nie von ihm erzählt?
Er ist halt ein Schulkamerad, Papa.
Aber der Sohn vom Friedrich Rottmann.
Er hat ein paar meiner Zeichnungen mitgenommen und sie seinem Vater gezeigt.
Und sie seinem Vater gezeigt, wiederholte sein Papa, und sie haben ihm, scheint es, gefallen.

Der Vater schubste ihn, streichelte ihn mit einer rauen Hand über den Kopf. Die haben ihm gefallen, Karl, sei stolz, freu dich.
Ich weiß aber nicht, ob ich es soll und ob ich ihn besuchen muss.
So dumm hast du schon lange nicht gefragt. Kurz entschlossen schob Fohr seinen Sohn vor sich her. In der Küche wartete die Mutter mit dem Mittagessen.
Du hast den Karl zur Vernunft gebracht, stellte sie erleichtert fest.
Doch gegen alle Vernunft verschmähen wir beide das Mittagsmahl. Unser Herr Sohn ist wegen seiner Zeichenkünste nämlich zum Professor Rottmann bestellt.
Erstaunt legte sie die gefalteten Hände an die Lippen und entließ sie wortlos.
Sein Vater begleitete ihn.
Ich weiß, wo der Rottmann wohnt.
Die Straßen, durch die er nun mit seinem Vater zog, hatte er immer anders gesehen, in leuchtenden Ausschnitten, in Linien und sich ausbreitenden Farben. Jetzt ging er blind. Als seine Augen wieder bereit waren zu sehen, warf der Neckar ein gebrochenes Licht. An einem Haus nahe am Fluss machten sie halt. Fohr zog kurz entschlossen an der Glocke. Ein junger Mann öffnete ihnen.
Wenn er Karl Fohr sei, dann werde er erwartet, sagte er. Ich bin der Sohn, setzte er hinzu.

Und Karl flüsterte seinem Vater zu, als sie hinter dem Jungen die hölzerne Stiege hinaufgingen: Das ist nicht mein Carl. Das muss der Ernst sein.
Der Maler saß hinter einem großen Tisch, eine Karaffe und ein Glas vor sich, nickte ihnen lächelnd zu, erhob sich: Dein Vater?, fragte er und zeigte auf Papier, das auf dem Tisch ausgebreitet lag: Der Carl hat mich damit überrascht, sagte er, und während er sprach, nahm Fohr ihn als Bild in sich auf, diesen großen runden Kopf, um den sich bis in den Nacken und zu den Schläfen schwarze Locken kräuselten. Die Stirne glatt und hoch, kinderkugelrund. Die Augen zusammengekniffen, grau und flink, und eine Nase, die sich derb über einem Mündchen ausbreitete.
Rottmann bat sie, sich zu setzen, wandte sich Jakob Fohr zu: Ihr Sohn, mein Herr, hat die seltene Gabe, sich ein Bild zu machen, und zwar für andere. Das war umständlich ausgedrückt, doch unbezweifelbar ein hohes Lob.
Karl, sagte Rottmann, indem er die Blätter vor sich aufeinanderschichtete, Ihr Karl, ich habe nämlich auch einen.
Fohr lachte auf: Der ist mein Schulkamerad.
Rottmann legte beide Hände auf den Blätterstapel: Ja, und ihm verdanken wir unsere Bekanntschaft.
Nachdem er das festgestellt hatte, schwieg er, und das Schweigen drohte sich auszubreiten, die Verle-

genheit nach dem freundlichen Anlauf zuzunehmen, bis Jakob Fohr mit der Frage herausrückte, die ihm ohnehin auf der Zunge lag: Könnten Sie den Karl, Herr Professor, in der Kunst unterweisen? Er will zeichnen, will malen, und tut an der Schule nicht gut.
Der Carl, sein Carl, werde dem Karl in den nächsten Tagen einen Stundenplan bringen, also einen Zeitplan, in dem die Studienstunden festgelegt stehen, und zwar ohne Rücksicht auf die Schule, denn wie er annehme, sei dem Karl, ihrem Karl, die Kunst ungleich wichtiger. Es machte Rottmann offenkundig ein Vergnügen, die Karls in seiner Rede aufzurufen und zu konfrontieren.

Er müsse, sagte Fohr danach, der Mama in allen Einzelheiten erzählen, was sie erlebt hätten und welche Zukunft ihm bevorstehe. Das tat er, voller Eifer und wie im Rausch.

2.

Nachts träumte er von einem Maler, der er war, sah sich zu beim Zeichnen und freute sich über immer gelingende Bilder, und den Tag begann er mit einer Vorfreude, die die Schule ausließ. Sehr zum Verdruss der Mutter, die fürchtete, dass er, auch als Maler, dumm bleiben werde, wenig wisse, kein gebildeter Mensch sein würde. Dem Vater war der frühe Abbruch der Schulzeit gleichgültig. Er maß ihn an seinen frühen Erfahrungen als Soldat und tröstete sich und Karl damit, dass er inzwischen ein angesehener Lehrer sei.

Anfangs war die Schule Thema der Morgengespräche, doch nach der ersten Stunde hörte Karl gar nicht auf zu erzählen von den Abenteuern, in die er, begleitet und angeführt von Rottmann, geraten sei. Er könne nun radieren. Für einen Landschaftsmaler sei dies von Bedeutung.

Wie gewählt der Bub sich nun doch ausdrücke, fand seine Mama.
Er habe eine Radiernadel geschenkt bekommen von Professor Rottmann und den Ätzgrund, der über die Kupferplatte gezogen werde. Das ist giftiges Zeug, erklärte er und riss die Augen auf. Die berühmte Ansicht Heidelbergs, die in der Universitätshalle hänge, neben anderen Bildern, sei eine kolorierte Radierung. Wenn ich einmal so weit bin und das kann!, rief er, aber nicht fragend und zweifelnd, sondern sicher, dass ihm solche Bilder gelingen würden.
Nichts genoss er mehr als die Wanderungen mit Rottmann. Bevor sie sich trafen, bereitete er sich vor, säuberte Pinsel, ordnete Kreiden in dafür bestimmte Kästen, holte das Skizzenbuch, packte alles in die Tasche, deren Träger er sich über die Schulter hängte, stellte sich der Mama vor, die ihn zu bewundern hatte, und zog los. Au revoir, Maman.

Rottmann ging ausholend und immer so, als wisse er ein Ziel. Das passte Karl nicht. Er lief, und was er sah, stürzte in sein Gedächtnis, wurde später fest, doch wenn er auf ein Bild stieß, einen Landschaftsausschnitt noch weit vor sich, hatte er nicht das Empfinden, dass er ankam, sondern dass er aufgenommen wurde: in einem Raum, der ihm neu und dennoch vertraut schien. Das möchte ich malen, sagte er dann, warf seinem Lehrer einen fragenden

Blick zu, der suchte schon nach einem Baumstumpf, einem Erdhügel, auf dem er Platz nehmen konnte, und ermunterte ihn: Versuchs!
Er sah von einer Höhe auf Neckarsteinach, den Ort und den Fluss, sah auf ein Fährboot, in das mit Mühe ein Pferd mit Wagen gezerrt wurde. Es war die einzige Bewegung in dem fest gewordenen Bild, das, was er schon kannte und worauf er vorbereitet war, einen enormen Sog entfaltete und ihn in den Raum hineinzog. Wenn der Knabe so zeichne, sich an das Sujet verliere, scheint er in eine Art von Bewusstlosigkeit zu geraten, fand Rottmann.
Ob ihn die Arbeit erschöpfe, fragte er den Jungen.
Nein, sie erfrischt, erklärte der, packte mit einer Eile Stifte und Skizzenbuch zusammen und drängte nach Hause. Er wolle, was er gesehen habe, noch in Kupfer stechen.
Rottmann bremste ihn: Nimm dir Zeit, Karl. In der Kunst darfst du nicht schludern.

Als Fohr nach einem seiner ersten Ausflüge mit Rottmann, erfüllt von der gelungenen Arbeit, nach Hause kam, das eben entstandene Aquarell zeigen, von Rottmann und den Erfahrungen der gemeinsamen Wanderung erzählen wollte, empfingen die Eltern ihn wütend und ratlos.
Er zog das Blatt aus der Mappe: Schaut her!
Der Vater jedoch kehrte ihm den Rücken zu: Das will

ich überhaupt nicht sehen. Er ging zur Kommode und hielt zerknüllte Blätter in der Hand: Schau dir diese Machwerke lieber an.
Fohr kannte sie und fragte sich, wer die schnell hingeworfenen Zeichnungen den Eltern zugesteckt haben könnte. Einige seiner Mitschüler hatten sie gesammelt: Karikaturen der Lehrer, die er für besonders gelungen hielt.
Was ist da in dich gefahren, Charles?
Er wich einen Schritt zurück, spürte den Zorn des Vaters wie einen körperlichen Angriff. Den darf er nicht herausfordern. Aber er musste sich erklären. Er sah auf ein Blatt, das der Vater vor sein Gesicht hielt: Der ist gut zu erkennen, der Magister Dürrlewanger, hörte er.
Ja, sagte er, der Magister Dürrlewanger, kein freundlicher Mensch, ein Schläger. Das war wieder ein Satz zu viel.
Hast du vergessen, dass auch ich Lehrer bin?, fragte der Vater. Bist du nicht zu mir in die Schule gegangen?
Ja, Papa, je suis –
Sprich deutsch, Charles.
Ich bin bei Ihnen in der Schule gewesen. Doch dieser Lehrer und ein paar andere übten nur Macht aus und haben mich geschlagen und zum Kasper gemacht.
Er erzählte, wie Dürrlewanger ihn vor sich her ge-

prügelt hatte, quer durch den Klassenraum, nur weil er, wie der Magister behauptete, blöd und anzüglich gegrinst habe.
Davon hast du nie gesprochen.
Die Mutter stellte sich zwischen ihn und den Vater.
Nun willst du mithilfe von Herrn Professor Rottmann Maler werden und hast bestimmt keinen Anlass mehr, solche bösartigen Bildnisse zu zeichnen.
Er war den Tränen nah und wünschte sich, von der Mutter in die Arme genommen zu werden: Nein, erwiderte er leise und hatte das Gefühl, in sich hineinzukriechen. Dann sprang er, für die Eltern überraschend, zur Seite, machte kehrt und rannte aus dem Zimmer.
Charles!, rief der Vater, Karl!, die Mutter.
Ich komm bald.
Sie sollten warten, ohne sich zu beunruhigen.

Er lief durch die Stadt zum Neckar. Was er unterwegs sah, erschien ihm wie von einem Blitz geschmolzen, hell, in verwischten Farben und Gesichtern, die er nicht erinnern durfte.
Als er nach Hause kam, noch außer Atem vom Laufen und von Selbstgesprächen, war der Zorn vergangen, von den Karikaturen keine Rede mehr.
Er weitete die Wanderungen aus, tief hinein in den Odenwald, den Neckar entlang, brachte immer von Neuem Bilder mit, die die Eltern sammelten und ge-

legentlich verschenkten. Stets wiederholte der Vater die Frage, die er knapp beantwortete und die ihn in die Gegend trieb: Was soll aus dir werden, Bub? Maler, rief er jedes Mal. Manchmal überschlug sich seine Stimme, und manchmal war er nah daran zu singen: Maler.

3.

Manche Wege wiederholte er, weil sie ihm gefielen und weil in der Wiederholung sich das Gesehene bestätigte und dem Bild einen Grund gab. Den Weg zum Stift Neuburg mochte er, und die Ausschnitte, die er ihm schenkte. Ein paar Plätze tauschte er nicht mit anderen: einen am Flussufer, mit dem Blick auf das Stift, und den anderen auf dem Stiftsberg.
Es kam ihm vor, als spannte er, den Blick wechselnd, einen Bogen, der im Flimmern der Luft sichtbar wurde.
Mitunter wünschte er sich, Geräusche malen zu können, den Wind in den Ästen, den sich entfernenden Ruf eines Vogels oder das schmatzende Wasser am Ufer.
Ab und zu stellten sich neugierige Spaziergänger neben ihn und schauten ihm beim Zeichnen zu.
In Neuburg hatte er einen Getreuen, einen älteren Mann, der nach Tabak und Schnaps stank, doch nie-

mals betrunken schien, nie schwankte, der fragte ihn einmal, als er eine Zeichnung beendet hatte und zufrieden das Blatt in die Mappe tat, wie alt er denn sei. Sechzehn, antwortete er und versetzte den Mann in Staunen.
Nicht möglich, rief der, und schon ein richtiger Maler.
Fohr lachte und hätte den Alten am liebsten umarmt, wenn der Gestank nicht so abstoßend gewesen wäre. Ein richtiger Maler will ich werden, sagte er.
Der bist du schon.
Der Mann verließ ihn, den Kopf schüttelnd. Fohr sah ihm nach und genoss es, ihn derart verwirrt zu haben.

Sobald ihn Rottmann zum Stift Neuburg begleitete, das auch zu seinen Lieblingsrevieren zählte, veränderte sich sein Blick. Was er malte, was sich vor ihm aufbaute, wurde ihm nun erklärt, Mittelpunkte wurden gesetzt, Achsen und Diagonalen gezogen, Farbwerte erkundet.
Rottmann besuchte jedes Mal einen Bekannten im Stift, dessen Namen er für sich behielt. So wuchs sich der Namenlose in Fohrs Phantasie zu einer Märchenfigur aus, einem Edelmann, der sich von Rottmann über das Heidelberger Leben unterrichten ließ. Und als solle der Zauber verstärkt werden, erklang eine Geige, die sang mit einer Stimme, die er erwartet

hatte und die es ihm verbot, Rottmann nach seinem Gastgeber zu fragen.
Sein Vater wünschte sich ein Gemälde vom Schloss, wie er es doch schon lange vorhabe. Er suchte nach einer günstigen Aussicht, hätte am liebsten den Kinderblick aus dem Garten wiederholt, nur die Mauer überm Hügel und diesen einen, den Himmel teilenden Baum.
In der Stadt fand er einen Ort, an dem er sich einrichtete, ohne von Neugierigen belästigt zu werden. Er konnte es nicht ausstehen, wenn seine Bilder blöde kommentiert wurden. Und wenn er geduzt wurde. Für einen Maler gehörte sich das Sie.
In ein paar Tagen war ihm die Arbeit gelungen, dennoch verdross ihn die verrutschte Perspektive. Der Vater dankte ihm, indem er das Blatt aufziehen und rahmen ließ. Und im Festsaal seiner Schule, der Wallonischen, aufhängte: Ein Bild von Karl Philipp Fohr. Sogar Friedrich Rottmann kam vorbei, um es sich anzusehen. Sein Lob trieb, was nicht im Sinn von Fohrs Vater war, den Jungen wieder hinaus, in die Gegend, wie er sagte. Eine Gegend, die er sich längst zurechtgeschaut hatte, die seinen Blicken entgegenkam und sich beim Ansehen veränderte.

Jetzt, nachdem er das Schlossbild fertiggestellt hatte, weitete es sich und ein ungewöhnliches Licht fiel auf die Ruine. Er fand einen Ausblick, in dem das

Stift noch entrückter schien, eine ferne Gralsburg, machte ein Blatt auf der Staffelei fest und schloss, wie immer wenn er eine Landschaft zeichnete, die Augen, um die Stimmen der Gegend zu hören. Sie redeten ihm das Bild ein.

In dieser gespannten Ruhe störte ihn ein Mann, der auf ihn zulief, offenbar um ihn zu vertreiben oder auszufragen. Er setzte sich aufrecht, machte den Rücken steif, gab vor, aufs Bild zu sehen, verfolgte aber die Annäherung des Fremden aus den Augenwinkeln.

Du bist der junge Fohr.

Fohr nickte, wollte aber seinen Unwillen zeigen: Ich bin der Ältere, ich habe noch zwei jüngere Brüder.

Der Mann stellte sich als Herr Kilian vor, warf einen Blick auf das begonnene Aquarell und gab einen zustimmenden Laut von sich. Dann fuhr sein Finger auf eine Farbspur: Hier gerätst du aus der Perspektive.

Das ist wahr, murmelte Fohr und besserte mit schnellem Pinsel nach.

Ich habe den Auftrag – Kilian sprach mit einer heiseren Stimme, wie nach einem Kälteschock –, ich habe den Auftrag, dich dem Maler und darmstädtischen Kammersekretär Issel vorzustellen. Der hat von deiner Begabung – Fohr unterbrach ihn mit einem verlegenen Lachen und begann seine Maluten-

silien einzupacken –, von deiner Begabung gehört, deine Eltern besucht und erfahren, dass du wohl hier zu finden seist. Da ich ein wenig schneller bin als der Herr Kammersekretär, aber auch etwas von Malerei verstehe, hat er mich ausgeschickt.
Und was dann?, fragte Fohr. Er stemmte sich gegen fremde Erwartungen und unverständliche Pläne.
Herr Issel wird deine Bilder anschauen und entscheiden, ob er sie mitnimmt oder dich und die Bilder.
Fohr packte sein Skizzenbuch in die Tasche und machte sich steif: Mich nicht, vielleicht meine Bilder.
Herr Kilian ließ sich nicht beirren, quittierte Fohrs Antwort mit einer vorgeschobenen Unterlippe und bat ihn, ihm ins Tal zu folgen, wo die Kutsche warte.

Der Kammersekretär Issel erwartete ihn in einer Gaststätte am Neckar, klein, dünn und mit hastigen, spitzen Bewegungen. Fohr fand, er gleiche einem Insekt, keiner Spinne, eher einem Weberknecht. Er schlürfte Luft vor jedem Satz, wodurch seine Rede sich sonderbar unanständig anhörte. Doch er war eine Person von Rang und Anstand, was sich gleich bei der Begrüßung zeigte: Ihre Gaben, begann er und duzte ihn nicht, Ihre Gaben, Herr Fohr, erstaunen mich. Er bot ihm ein Glas Most an, Fohr trank in langen Zügen, er hatte Durst, den ganzen langen Tag im Freien und unter der Sonne.

Kommen Sie! Der Kammersekretär hüpfte durch das Lokal, also doch ein Weberknecht, und Fohr sah erschrocken, dass ein lahmes Bein an dem krampfähnlichen Gang schuld war. Kommen Sie! Sie stiegen in die Kutsche, Herr Kilian winkte ihnen nach. Dem Kutscher rief der Kammersekretär zu: Nach Neckarsteinach.
Was soll ich dort?, fragte Fohr, der den Weg dorthin schon einige Male gewandert war.
Wir nehmen uns Zeit, uns zu unterhalten. Issel begann eine Lobrede auf Fohr und seine Begabung: Sie sind früh dran. Sie haben noch viel vor sich. Sie haben sich ein Können angeeignet, das mich verblüfft, mein Lieber. Selbst Rottmann oder ein anderer Erwachsener, nicht einmal der Vater, hatte ihn so angeredet: »Mein Lieber.« Sie haben, fuhr Issel fort, die Schule vorzeitig verlassen, haben aufgegeben, aber immerhin zugunsten der Kunst, die Sie nun mit Freude und Können ausüben.
Was sollte er dazu sagen? Er lehnte sich auf dem Sitz zurück, spürte die Schläge der Räder auf dem holprigen Weg, hörte den Kutscher die schweren Pferde ermuntern: Auf, auf! Was würden seine Lehrer am Gymnasium sagen? Der Gedanke beherrschte ihn eine Weile, ein flüchtiger Triumph.
Woran denken Sie?, fragte Issel, der ihn von der Seite musterte.
An meine Lehrer.

Ich hoffe, es sind freundliche Gedanken.
Nein. Mit einer Silbe löschte er, womit er nicht fertig war. Die Erinnerung an die Schule, an die Lehrer quälte ihn noch immer.
Issel fragte ihn aus, er saß in die Ecke gedrückt, schaute auf die vorbeiziehende Gegend, auf Baumreihen, Auen und den Fluss, auf dem in einem Wechsel, als wären es Strophen eines Lieds, Boote zu sehen waren.
Welche Maler er kenne?
Dürer bewundere er und Rottmanns Landschaften.
Das wird mit der Zeit mehr werden.
In Neckarsteinach lud ihn der Kammersekretär zum Essen ein, er habe sicher den ganzen Tag nichts zu sich genommen.
Ein paar Äpfel habe er stets in der Tasche.
Issel lachte mit ihm. Das mochte Fohr. Er wartete nun gleichmütig auf das, was kommen würde.
Knapp vor Steinach bat Issel, die Kutsche anzuhalten. Zur Erinnerung, mein Lieber, wünsche ich mir ein Bild dieser Gegend.
Ein Bild?, fragte Fohr, keine Zeichnung?
Ein Blatt aus Ihrem Skizzenbuch. Offenbar wollte ihn Issel prüfen, denn er fragte ihn, ob er sich das ganze Skizzenbuch ansehen dürfe. Fohr beobachtete ihn, während er Blatt für Blatt betrachtete.
Issel reichte ihm das Skizzenbuch: Also, die Skizze gehört mir, zum Andenken an diese erste Begegnung.

Die Zeichnung fiel ihm leicht, die Linien, die Umrisse, die Schraffuren.
Issel, der nach Darmstadt wollte, musste ihn nicht drängen. Er war rasch fertig. Vorsichtig löste er die Seite aus dem Heft, gegen Issels Widerspruch: Aber nein. Lassen Sie es im Buch! Das war nicht meine Absicht.
Fohr blieb aus einer unergründlichen Wut hartnäckig: So haben Sie's gewollt.
Aber ja. Issel nahm das Blatt und betrachtete es lange und schob es dann zufrieden in eine schwarze Mappe, in der sich offenbar noch mehr Zeichnungen und Aquarelle befanden. Von wem?, fragte sich Fohr.
Die Fahrt zurück verbrachten sie nahezu wortlos, und in Heidelberg warf ihn Issel förmlich aus dem Wagen: Sie werden bald von mir hören. In Darmstadt gibt es Möglichkeiten für Ihre Ausbildung und Förderer dazu. Ihren Herrn Vater werde ich übers Weitere unterrichten.
Selbst jetzt, nachdem Issel sich seines Auftrags entledigt hatte, redete er ihn wie einen Erwachsenen an. Fohr wertete das als eine Bestätigung seiner Kunst.

Wenige Tage danach kam der Brief. Sein Vater las ihn vor und verstellte dabei seine Stimme, als müsse er die Rolle des Kammersekretärs übernehmen. Fohr

hörte nur einen Satz, neben allerlei Freundlichkeiten über seine Begabung: Lassen Sie Ihren Sohn ziehen, mit den besten Wünschen für seine Zukunft.
Es war ein Satz, der ihn befreite von der elterlichen Sorge und aus der Ungewissheit. Er fing an zu singen, wie immer, wenn ihm eine Last genommen wurde.
Ich hör dich gern, Karl, sagte seine Mutter, wenn du singst, fühlst du dich wohl. Aber mir ist gar nicht gut, wenn ich daran denke, dass du uns bald verlässt.
Er stellte sich vor sie, traute sich nicht, sie in die Arme zu nehmen, aber ihr Atem wärmte sein Gesicht.
Es muss sein, sagte er gegen ein schon aufkommendes Heimweh. Ich will lernen. Ich will Maler werden.
Vielleicht, sagte sie und ihre Stimme wurde dabei rau, vielleicht wird dir das nur von Übergescheiten eingeredet.
Ja, lachte er, und ich Mindergescheiter rede mir das auch ein.
Sie setzte sich und ihm eine Frist, indem sie, was er brauchte, in eine Reisetasche packte: Das Notwendigste, meinte sie, und leicht soll es sein.
An einem Tag, einem schönen, den Issel sich wohl auswählen konnte, traf er in Darmstadt ein. Unterwegs, an der Bergstraße, hatte er bei einem Bekannten des Vaters in Heppenheim übernachtet. Zufrieden

stellte er fest, dass er zu den Wanderern gehörte, die sich vor nichts fürchteten, weil sie in Gedanken unterwegs waren und von Bildern begleitet wurden.

4.

Er kam in Darmstadt an und wollte gleich wieder gehen. Issel brachte ihn in einem kargen Zimmer in der Nähe des Schlosses unter und versicherte ihm, für den Freitisch sei gesorgt.
Er nahm an, er müsse an der Armenspeisung teilnehmen, traute sich aber nicht zu fragen und wehrte sich gegen die Zumutung mit einem gestammelten: Ich bin aber Maler.
Womit er wiederum Issel verstörte: Das weiß ich, mein Lieber. Und warum erklären Sie mir das gerade jetzt?
Wegen des Freitisches.
Issel begriff: Hat ein Maler oder sagen wir ein Student der Künste nicht auch ein Recht auf eine ordentliche Mahlzeit? Am Freitisch!
Am Freitisch?, wiederholte Fohr zweifelnd.
Issel holte aus, erklärte umständlich das Prinzip des Freitisches, es sei, erfuhr Fohr, eine wohltätige Ein-

richtung für Studenten, Schüler und auch Lehrlinge, die keine Zeit und keine Mittel hätten, für ihre tägliche Mahlzeit zu sorgen.
Ich habe nur fortwollen, erklärte er. Und dieser Satz wird sich wiederholen.
Ich sehe diesen mageren, aufgeschossenen Jungen mit seinem für ein Selbstbildnis gemachten schönen Kopf, sehe ihn in einer Bewegung, die sich nicht entscheiden kann zwischen Hin und Her.
Jetzt bleibe ich, stellte er fest für sich und Issel, der ihn, nachdenklich geworden, zu seinem ersten Freitisch begleitete, ihn seinen Gastgebern, die auch Wohltäter waren, vorstellte, einem schnell sprechenden Lehrer namens Schönwiese und seiner sich bis in die Unsichtbarkeit zurückhaltenden Frau. Er aß mit einem halben Dutzend angestrengt schweigender Schüler.
Issel führte ihn seinen Bekannten vor, als seine Entdeckung, eine außerordentliche Begabung, und sein Skizzenbuch wurde zum Ausweis. Die ungezählten blätternden Finger hinterließen ihre Spuren.
Immerhin kam er zu einem Auftrag: Der Direktor des Museums, Schleiermacher, hinterließ nicht nur Fingerabdrücke, blätterte immer andächtiger in dem Heft und ordnete mit einer Forderung die Zeit des jungen Malers: Er solle alle Vierteljahre Zeichnungen im Museum abgeben und werde dafür ein Salär bekommen.

Issel schenkte ihm ein Skizzenbuch, das könne er fortführen. So schickte er ihn in die Gegend, Ansichten einzuholen.

Er kam erst einmal nicht weit, bis Niederramstadt in der Nähe von Darmstadt. Eine Hütte, Wohnung von Holzarbeitern, sprang ihm ins Bild. Er setzte sich auf eine niedrige Mauer, legte den Block auf seine Beine, Pinsel und Stifte neben sich auf den Stein. Ehe er begann und das Bild schon fest wurde, kam ihm der Gedanke, dass auch Geräusche in die Skizze dringen und beim Anschauen laut werden sollten. So wie die streitenden Stimmen in der Hütte, die bellende eines Mannes und die vom Kreischen heiser gewordene einer Frau, dazu das Gezirp und Gezwitscher der Vögel auf der Strecke zwischen Wald und Siedlung.
Issel wunderte sich über die karge, doch durchaus gelungene Ausbeute, doch Fohr verriet ihm nicht, dass Grübeleien seinen Blick getrübt, am Ende vielleicht doch geklärt hätten. Issel, der, bemüht um die Bildung seines Zöglings, ihn gelegentlich mit Lektüre versorgte, schaffte es mit einem Buch, das Fohr mit Szenen beschenkte: Goethes Götz. Die Burg Hornberg stand da als Ziel geschrieben, der Neckar und die Jagst.
Er redete sich mit Götz ein, was er sah. Auf seinem Skizzenblatt wuchs die Ansicht der Burg Hornberg wie das Initial zu einer erzählten Heldengeschichte.

Er nahm sich vor, seinen eigenen Götz zu zeichnen. Mit dem Blatt vom Hornberg überzeugte er zum wiederholten Mal Issel, der ihm eine für seine Zukunft wichtige Verbindung zum Darmstädter Hof versprach. Er solle sich freuen, seine Dankbarkeit zeigen. Nur hatte er wenig Interesse zu solchen Verbindungen, fürchtete sie sogar. Sie könnten, nahm er an, sein Leben verändern. Er hatte eine Odenwald- und Neckarwanderung vor. Sicher würde er die Eltern in Heidelberg besuchen, doch alles andere wollte er auf sich zukommen lassen.

Auf dem Rückweg nach Darmstadt blieb er in Weinheim hängen. Er wollte die Ruine Windeck und die Wachenburg zeichnen. Der Vorsatz lähmte ihn. Er suchte in einem Gasthof am Marktplatz eine ruhige Ecke, wollte sich zurückziehen. Das gelang ihm nicht. Eine Horde junger Männer brach in die Ruhe ein, lärmend und vor dem Rausch von sich selber berauscht. Der Wirt suchte hinter der Theke Schutz und erwartete die Bestellung.
Messieurs!, rief er. Das sind wir nicht, dröhnte ein Kerl, der aus seiner Kluft zu platzen drohte, Herren sind wir.
Fohr, angeregt von dem Männergestank, den die Meute verbreitete, rief Bravo und kam sich lächerlich vor.
Sie redeten durcheinander, es entspann sich ein

leidenschaftliches Gespräch über Napoleon, dessen Grande Armée von den Russen aufgerieben worden sei, und nun seien seine Soldaten auf der Flucht oder hätten ihr Grab in einem fremden Land. Die Geschichte beunruhigte ihn, sie erschien ihm neu und merkwürdig, nicht gerade ritterlich, doch furchtbar gegenwärtig.

Allmählich schien er den Kerlen zum stummen Vorwurf zu werden. Ein Dicker, der sich eine ausladende Kappe aufgesetzt hatte, wendete sich unvermittelt an Fohr und erschreckte ihn: Auf Wanderschaft?, fragte er und schloss seine Frage mit einem knallenden Rülpsen.

Ich bin Maler. Das war seine Kinderantwort, und er fürchtete schon einen Ausbruch von Hohn.

Maler?, wiederholten sie im Chor. Einige setzten sich an seinen Tisch, andere zogen Stühle heran, sodass sie ihn gleichsam einschlossen.

Ein Maler! Zeig es uns.

Der Wirt stellte unaufgefordert ein Viertel Weißen vor ihn auf den Tisch. Der Mann neben ihm zeigte auf einen mit schmalem, hohem Schädel: Zeichne den, zeichne Rebmann!

Fohr zog das Skizzenbuch aus der Tasche, maß sein Gegenüber, und mit sicherem Strich wurden Kopf und Gesicht deutlich.

Er ist tatsächlich ein Maler, stellte der Mann neben ihm fest und fügte hinzu: Ich bin Steinbeck.

Und ich bin Karl Fohr.
Er wurde von der Seite gestoßen: Du solltest dem Rebmann sein Bildnis schenken. Er nickte, legte das Skizzenbuch auf den Tisch und versuchte, das Blatt herauszureißen. Das tat er so ungeschickt, dass sein Tischnachbar ihm Einhalt gebot. Er legte seine Hand schwer auf Fohrs Arm: Mach den Rebmann nicht kaputt und überlass die Angelegenheit mir.
Fohr gab nach: Aber sei vorsichtig.
Steinbeck zog ein Messer aus dem Gürtel und schnitt sehr behutsam den Rebmann aus dem Buch. Die ganze Bande applaudierte Fohr und überreichte Rebmann sein Porträt. Der legte das Blatt auf die flachen Hände und sah darauf wie in einen Spiegel: Ja, das bin ich.
Da tranken alle ihm zu, nötigten ihn, mit ihnen zu trinken. Es war sein erstes Glas Wein. Zu Hause gab es, wenn es hoch ging, mit Wasser verdünnten Most. Der Lärm hüllte ihn ein, das mehrfach gesteigerte Prosit, und schließlich begannen sie zu singen, ein Lied, das er auch von den Heidelberger Studenten kannte: Gaudeamus igitur.

»Nieder mit der Traurigkeit,
nieder mit den Hassern,
nieder mit dem Teufel,
mit jedem Feind der Burschen.«

Fohr brüllte mit, er fühlte sich wohl und sicher in dieser Gemeinschaft.
Er blieb über Nacht, Gast eines künftigen Mediziners, Beilharz, der ihn seinen Eltern vorstellte, er sei ein Maler aus Darmstadt.
Der Hausherr ließ sich auch durch das Vorzeigen des Ausweises, des Skizzenbuches nicht überzeugen und fragte so, als sei der Vorgestellte nicht vorhanden: Ja, wie alt ist er denn, der Maler?
Ich bin sechzehn, erwiderte Fohr in demselben erstaunten Tonfall.
Und wer erlaubt es dir, Maler zu sein?
Ich. Er stellte sich auf, ließ sich nicht kleinreden und in die Enge treiben.
Die Skizzen in diesem Heft hast du selber gefertigt?
Sein neuer Freund Beilharz ließ ihn nicht antworten. Zeichne meine Mutter, sagte er, und die blieb regungslos sitzen, als er das Skizzenbuch aus der Tasche holte und zu zeichnen begann. Es wurde ihm nicht leicht. Bisher hatte er Männer- und Kinderköpfe bevorzugt. Jetzt erkundete er eine neue, andere Gegend. Und sie entfaltete sich auf dem Blatt.
Schließlich erhob er sich und zeigte die Zeichnung der Dame des Hauses. Sie lächelte sich an und stellte verblüfft fest: Das bin ich.
Ihr Mann, der einen Blick über ihren Rücken warf, nickte und schaute Fohr anerkennend an: Ja, du bist ein Maler.

Und das mit sechzehn, setzte Beilharz nach.

Er hat sich, heißt es, mit einer üblen Horde in Weinheim eingelassen. Hier fängt seine Lust an der Gruppe an. Er flieht in eine vielstimmige Freundschaft.
Außer Atem rannte er, die Wandertasche schlug gegen sein Bein – kurz vor Darmstadt war ihm das schlechte Gewissen in den Rücken gefallen: Dass er seinen Förderer, Herrn Issel, ohne Nachricht gelassen hatte, womöglich verboten wegblieb. Nun rannte er.
Issel wunderte sich nicht über seine lange Abwesenheit, machte ihm keine Vorwürfe, lobte seine Verbindungen, er habe längst von seinen neuen Freunden gehört.
Die Treffen in Weinheim wiederholten sich.
Er lernte die Lieder der Studenten.
Auf dem Weg nach Weinheim sammelte er Ansichten, das Auerbacher Schloss, den Melibocus.
Er hörte nicht auf, die Kumpane zu porträtieren. Und in seiner Vorstellung fanden die Skizzen sich auf einem großen Gruppenbild.

Als der Winter seine Gänge beschwerlich machte, riet ihm Issel, in der Stadt zu bleiben, aus der Erinnerung zu malen. Das tat er, ergänzte, nahm alte Motive auf, veränderte sie. Er fand, dank Issels Vermittlung, für seine Arbeit öffentliches Interesse. Das »Rheinische Taschenbuch«, das im Land unter dem Titel »Großherzoglich hessischer Hofkalender« erschien, nahm einige seiner Landschaften auf. Der Kupferstecher, der die Blätter für den Druck in Platten ätzte, Haldenwang in Karlsruhe, staunte über die Gabe des Jungen und freute sich, wie er es ihn wissen ließ, über jedes Blatt.

Er fühlte sich bestätigt, berichtete von seinen Erfolgen nach Hause, in Briefen, deren Rechtschreibung Vater Fohr weiter beklagte, erzählte von seinen Bekannten und freundlichen Gönnern. Es waren vor allem die Gastgeber der Freitische, die er anfangs als demütigende Einrichtung verstand. Nun besuchte er sie regelmäßig und kam auch mit den anderen Freitischlern zurecht. Der Maler.

Issel sah nur noch gelegentlich nach ihm, schien das Interesse an seinem Zögling verloren zu haben, was der wiederum ausnützte, seine Selbstständigkeit zu erproben. Kaum einer duzte ihn mehr, er war ein anderer, reifer Fohr, ein in Darmstadt bekannter Maler.

An einem Schneetag erschien Issel, um sich von ihm zu verabschieden. Er reise nach Paris, vertraue ihn aber der Obhut eines einflussreichen Freundes an.

Es trat Professor Dieffenbach auf, Prinzenerzieher am Darmstädter Hof, ein vorausschauender Pädagoge, ein alles wissendes Knickebein, Fohrs künftiger

Biograf. Ein Mann, der penibel mitteilte und zugleich wertete. Ihm verdankte Fohr die Sorglosigkeit der kommenden Jahre: ein fürstliches Stipendium.

Dieffenbach führte ihn bei Hof ein. Er durfte einige Male an dem Geschichtsunterricht für den älteren Prinzen teilnehmen. Dieffenbach erklärte enthusiastisch das Nibelungenlied in seiner fremden, alten Sprache, hustete in die Auseinandersetzungen zwischen Gertrud und Gunter, geriet in Atemnot an Etzels Hof. Fohr wollte die alten Helden vor sich sehen, fragte Dieffenbach nach ihrer Kleidung, ihren Waffen, wollte wissen, wie die Echsenhaut, die Siegfried schützte, beschaffen war. Wusste der Professor nicht Bescheid, verbündete er sich mit dem Prinzen in kindlichem Triumph.

Dieffenbach hatte der Großherzogin das Odenwald-Skizzenbuch vorgelegt, ohne Fohr zu fragen. Da beschloss er, seinen Gönner durch Störrischkeit und Schweigen zu strafen.

Was fehlt dir, Karl?

Ich weiß es nicht, ich kann es Ihnen nicht sagen.

Es scheint neuerdings eine Marotte von dir zu sein, verstört zu reagieren.

Ich reagiere überhaupt nicht.

In solchen Wortwechseln verdrossen ihn die Geduld und Überlegenheit Dieffenbachs.

Nachdem er von Siegfried und Gunter geträumt hatte, zeichnete er Helden, sonderbar ungelenke Gestalten in Rüstungen und martialischer Verkleidung. So komme er dem deutschen Wesen auf den Grund, feuerte ihn der Professor an. Begeistert deklamierte er den Anfang des Heldengedichts:

Uns ist in alten mæren wunders vil geseit,
von helden lobebæren, von grôzer arebeit.

Als setzte sich das Heldenlied fort, ließ ihn der Großherzog zu sich bitten. Es war ein einschüchternder, feierlicher Moment: Er wurde von der Fürstin an einen Tisch gebeten, wartete, bis sie ihn aufforderte, sich zu setzen.
Die Dame sprach badisch, ähnlich wie die Heidelberger, sie sprach heimatlich: Herr Professor Dieffenbach hält viel von dir. Sie legte die mit Ringen geschmückte Hand auf das Skizzenbuch. Es ist erstaunlich, sagte sie vor sich hin, als müsste sie bestätigen, was sie nun erklärte: Ich möchte dich unterstützen, deine Ausbildung, deine Malerei. Du überlässt mir dieses wunderbare Arbeitsbüchlein als Unterpfand dafür, dass du lernst, deine Kunst entwickelst.
Er zog das Buch an sich, aber sie schüttelte den Kopf. Es bleibt hier, Karl, bei mir.
Er wolle es aber Ihrer Hoheit mit einer Widmung überlassen. Er nahm das Buch, verbeugte sich, drück-

te den Band gegen die Brust und floh geradezu aus dem noblen Empfangszimmer.
Adieu!, rief ihm die Großherzogin nach, adieu, junger Mann.
Sie bekam den Band wieder, Tage darauf, mit der in Schönschrift geschriebenen Titelei:

Karl Philipp Fohr
Skizzenbuch der Neckargegend
gewidmet der Erbgroßherzogin
Wilhelmine von Hessen.

Es war, so legte er es sich aus, ein Geschäft, angemessen für einen Maler seines Ranges.
Mein Ansehen wächst, schrieb er den Eltern und schürte ihren Stolz. Dieffenbach hatte sie schon über das Stipendium der Großherzogin unterrichtet.
Der Großherzogin imponierte es überdies, wenn Fohr sich französisch mit ihr unterhielt. Mein Vater ist in Ladenburg geboren und trotzdem ein Franzos, erklärte er und merkte, dass er mit diesem Satz der Dame ein Rätsel aufgab. Er fand es angenehm, von Rätseln geschützt zu sein.

Die Herzogin überraschte ihn mit einer Einladung zu einem Konzert im Schloss. Ein berühmter französischer Pianist werde Mozart-Sonaten spielen. Ob er je ein Konzert erlebt habe?

Nein.
Die Herzogin klatschte in die Hände, aber die Malerei braucht die Musik!
Die Einladung regte Dieffenbach mehr auf als ihn. Ob er einen ordentlichen Anzug habe, ein feines Hemd? Um Dieffenbach in seinem Eifer zu ärgern, bestand er darauf, in seiner Malerkluft zu erscheinen, zog sich aber dann für den Abend feierlich an und begann ohnehin zu schweben, als ein Lakai ihn am Schlosstor empfing, sich verneigte, ihn bei seinem Namen nannte und an einen weiteren Lakaien, der an der Treppe zum Saal wachte, weiterreichte. Im Saal hatten sich alle die Stühle, die sonst an den Wänden standen, in der Mitte zu Reihen geordnet. Er betrat den Raum, geriet unter die feinen Leute und sah und bewegte sich wie ein anderer.
Das Fürstenpaar stand am Eingang; als er an der Reihe war, stockte das Defilee, denn die Herzogin erzählte ihrem Mann, dass dieser Junge, Karl Fohr aus Heidelberg, ein hervorragender Künstler sei, wenn es auch kaum glaubhaft scheine, und er habe ihr ein Skizzenbuch mit vielen gelungenen Landschaftsansichten geschenkt. Der Herzog tätschelte ihm die Wange, und die Herzogin wünschte ihm ein anregendes Konzert, worauf wieder ein Lakai ihn zu seinem Platz führte, in der letzten Reihe. Unter den Besuchern vorn entdeckte er Dieffenbach, der mit seinem näselnden Bariton sich übermäßig laut her-

vortat. Die Dame, neben die er sich setzte, machte Anstalten zu fliehen. Er war daran, laut zu furzen, sich so zu benehmen, wie die feine Gesellschaft es von ihm erwartete.
Mozart-Sonaten hörte er, als seien sie ihm seit je bekannt: eine Musik, deren Konturen er schon im Voraus wusste, deren Melodien er nachsingen konnte –. Am Ende des Konzertes verschwand er, ohne sich zu verabschieden.

Die Gespräche an den Freitischen wiederholten sich, und Professor Dieffenbachs Erwartungen waren, meinte Fohr, nicht zu erfüllen. Mit Dieffenbachs Hilfe verließ er Darmstadt, wurde in Heidelberg nicht ohne Misstrauen von der Familie aufgenommen, die annahm, die Fürstin, die ihn fördern wollte, habe ihn fallen gelassen. Dieffenbachs Erklärungen halfen nicht. Fohr ging wieder ins Freie skizzieren. Die unruhige Zeit hielt ihn auf, die schwungvollen Soldaten-Reden des Vaters beim Abendessen: Napoleon war aus der Verbannung zurückgekehrt, und die alte Koalition hatte vor, ihn erneut zu schlagen. Dazu wurden die jungen Männer im Land rekrutiert. Fohr hielt das martialische Gerede seines Vaters nur mit Mühe aus, hatte keine Lust, Soldat zu sein, seine Freiheit als Maler aufzugeben. Aus Karlsruhe kam die Einberufung, erschreckte ihn, machte ihn schrill. Er solle sich nicht als Schwächling gebärden, rügte

der Vater. Aber er ist einer, verbesserte Dieffenbach und sorgte mit seinem Einspruch in Karlsruhe dafür, dass sein Zögling nicht dienen musste.
Die Weinheimer Kumpane bereiteten sich indessen auf den Kampf vor. Einige von ihnen hatten sich freiwillig zur Koalitionsarmee gemeldet und in Weinheim eine Schar trotziger Seher und Redner hinterlassen. Fohr ließ sich von den Gefühlsausbrüchen mitreißen und zeichnete seine Freunde aus der Gegenwart ins Mittelalter: Ritter und ihre Knechte. Ich bin wegen meiner Krankheit fürs Heer ungeeignet, redete er sich raus und stimmte in die Reden der Freunde ein.
Bei Waterloo fallen drei Weinheimer. In der Trauer halten sie zusammen und mit ihr halten sie ihn fest.

Wenn ich von ihm und seinen Weinheimer Freunden schreibe, lasse ich ihn in Gedanken nicht ganz zu ihnen gehören. Es gibt Augenblicke, in denen er für sich bleibt und fremd: der Maler. Es ist ohnehin waghalsig, das Befinden eines jungen Mannes zu Beginn des 19. Jahrhunderts mit dem eines Gleichaltrigen zweihundert Jahre später zu vergleichen. Fohr war kein Wehrdienstverweigerer nach unserem Verständnis, es gab keine Wehrpflicht. Die Pflicht, gegen Napoleon aufzustehen, hatte mit der Entwicklung der Zeit und mit der Situation im Land zu tun. Es ging um die individuelle und die allgemeine Freiheit. Es muss an Fohrs Erfahrungen und Erinnerungen gelegen haben, dass er sich so entschlossen wehrte, Soldat zu werden. Vielleicht, sage ich mir, wollte der Karl nicht gegen den Charles antreten und vielleicht stemmte er sich mit diesem Entschluss gegen die Legionärsvergangenheit des Vaters.

Der Vater schwieg, akzeptierte die entschlossene Haltung des Sohnes ohne Kommentar. Nur konnte er nicht aufhören, laut über das zweite Leben Bonapartes nachzudenken und nach Waterloo, der entscheidenden Schlacht, seine Gedankengänge mit dem Satz zu schließen: Von Sankt Helena kommt der Kaiser nicht mehr runter.

5.

Dieffenbach kam als Bote der Großherzogin. Das Skizzenbuch, das er der Fürstin gewidmet hatte, wirkte nach. Das Herzogspaar lud ihn ein nach Baden, in die Heimat der Großherzogin, die dankbar wäre für einige gelungene Ansichten aus dieser Gegend.

Er ließ ihm keine Zeit, sich zu entscheiden. Er habe bereits ein Zimmer für ihn angemietet. Auf der Kutschfahrt nach Baden-Baden sah er immer wieder Bilder, die ihm gelingen könnten. In Baden angekommen, spazierte Dieffenbach erst einmal mit ihm die Lichtenthaler Allee entlang, die blühenden Bäume der Allee müssten ihn doch entzücken. Mit ein paar gut abgestuften Ausrufen erfüllte er die Erwartung seines Begleiters.

Seine Wohnung bekam er bei einer Witwe, die, wie sie, sich die Hände reibend, preisgab, schon öfter Gäste des Herrn Kammerrats Dieffenbach beherbergt habe. Aber noch nie einen Maler.

Er schwärmte, nachdem er einen Vormittag auf dem Zimmer verbracht und sein Malzeug geordnet hatte, aus. Er suchte die Blickdistanz zur Stadt. Auf einer Anhöhe, dem sogenannten Hasensprung, fand er sie. Mit dem Stift hatte er rasch die Szene erfasst, den Raum erschlossen. Wieder auf dem Zimmer, setzte er sich an den Tisch, den er unters Fenster gerückt hatte, und festigte die flüchtige Skizze mit Tusche, gab ihr Kontur.
Dieffenbach, der die hessischen Prinzen und einige ihrer Freunde in der Badener Entspannung, im Grünen, unterrichtete, überraschte Fohr mit einem Auftrag. Er solle das Haus von Doktor Meyer, dem Badener Arzt der Herzogin, abbilden. Das Bild werde ihm zu einem ordentlichen Preis abgekauft.
Er fand einen Platz, blinzelte, stellte das Haus für sich, doch er wurde in der Arbeit aufgehalten – eine junge Frau lief ihm ins Bild, er winkte sie ärgerlich zur Seite, aber sie kam näher und versperrte ihm den Blick. Sie gefiel ihm, auch wenn sie ihn störte. Eine Haarsträhne fiel ihr in die Stirn, und sie blies sie bei jedem Satz mit aufgewölbter Unterlippe zur Stirn. Ihre Stimme hatte einen kindlichen Grund.
Was treiben Sie hier?
Ich erfülle einen Auftrag.
Sie zeichnen. Ist das der Auftrag?
Erraten. Und wer sind Sie?
Ich bin die Tochter.

Und ich bin der Sohn. Er lachte. Sie lachte mit.
Meinem Vater gehört dieses Haus.
Das ist der Doktor Meyer.
Und er möchte ein Bild davon.
So ist es. Auf den Zeichenblock pochte ein Regentropfen, und beide sahen zum Himmel.
Das wird jetzt nicht gehen.
Es könnte ein Aquarell werden.
Sie griff nach seiner Hand und zuckte gleich zurück.
Kommen Sie. Wie heißen Sie denn?
Fohr. Karl Philipp Fohr. Und Sie sind Fräulein Meyer?
Kommen Sie, ehe es regnet, ins Haus, das Sie porträtieren sollen.
Er stand unentschlossen, und ihr Atem strich über sein Gesicht. Bisher ist es mir noch nicht gelungen, sagte er, in eines meiner Bilder hineinzugehen.
Nun traute sie sich, seine Hand zu nehmen, ihn hinter sich herzuziehen.
Das ist ein Anfang, sagte sie. In dem großen Vorsaal, den sie betraten, roch es nach Kampfer und Rosen. Sie rief ins Haus hinein: Papa! Mama!, und bekam keine Antwort, woran sie offenbar gewöhnt war. Einen Augenblick standen sie horchend nebeneinander. Sie atmete laut aus. Er hörte den Regen und wäre dennoch am liebsten davongelaufen. Sie führte ihn nicht in den Salon, sondern in die Küche. Als sie da auftauchten, verschwand eine Frau, vermutlich die Köchin, mit großer Hast. Sie setzte sich an den

Tisch, bat ihn, ihr seine Zeichnungen zu zeigen. Er tat es ohne Lust, denn ihm war das Fräulein nicht geheuer – einmal, als er ein neues Blatt, auf dem Lichtenthal zu sehen war, zeigte, beugte sie sich so zu ihm hin, dass er ihre Wärme spürte. Das machte ihm Angst.

Das gefällt mir, sagte sie, und er wusste nicht, ob das Blatt oder die Nähe.

Ist gut, murmelte er und schlug das Heft zu.

Er lernte den Eigentümer des Hauses, Herrn Doktor Meyer, nie kennen.

Das Fräulein, dessen Vornamen ihm nicht bekannt war, suchte eine Zeit lang seine Nähe. Und er übte sich in Unsichtbarkeit.

Er sah seine Aufgabe als erfüllt, verabschiedete sich von Dieffenbach, der ihm kurz danach folgte, erstaunte die Eltern und Brüder mit Erzählungen aus Baden, in denen er Aussichten beim Namen nannte, nicht jedoch das meyersche Haus, das er auf Dieffenbachs Drängen ein zweites Mal abbilden sollte. Er fragte nicht, warum.

Sie war ihm zugelaufen. Er hatte sich weggeduckt. Wahrscheinlich fühlte er sich in Männergesellschaft eher aufgehoben.

6.

Er malte die Eltern, zuerst den Vater, danach die Mutter. Zwei Bildnisse, in denen Nähe und Ferne sich ausspielen, erklären Liebe wie aus Erinnerung. Etwas später wiederholte er die Prozedur, ohne dass er die Porträtierten vor sich hatte. Dieses Mal reichten Vorlage und Gedächtnis.
Dieffenbach hatte ihn auf die Ausstellung von Rüstungen, mittelalterlicher Kleidung und Waffen im Schloss Erbach hingewiesen. Da er sich nun intensiv mit dem Mittelalter beschäftigte, dem Zeitalter der Ritter, Kaiser und Könige, fände er sicher dort Anregung. Er zog los, wurde unterwegs von Ausblicken gefangen genommen, öffnete sich zeichnend den Raum, fand für ihn die Linie, die Sprache der Gegend. Die Ruine der Burg Handschuhsheim hielt ihn, nach kurzer Wanderung, auf. Er postierte sich neben der Brücke vorm Tor, ein Trümmerstein wurde zum Sitz, und der Bauer, den er in die Zeichnung

aufgenommen hatte, trat, aufmerksam geworden, auf ihn zu, musterte das Blatt, nickte beifällig: Nicht übel für einen Buben wie dich.
Er begleitete Fohr, er solle nicht annehmen bis Erbach, nein, dorthin müsse er allein gehen, doch über die kommende Nacht könne er in seinem Haus bleiben. Der Mann gefiel ihm, er redete in der badischen Mundart wie er, überdies war er derart gesprächig, dass Fohr sich gar nicht zu einer Gegenrede anstrengen musste. Am nächsten Morgen stopfte die Bäuerin ihm Äpfel in die Jackentasche. Er roch sie, bis er zu Hause war.

Im Rittersaal des Schlosses zeigte die Frau, die dafür sorgte, dass man Filzpantoffel über die Schuhe zog, auf einen älteren Herrn, der mit eingezogenem Kopf zur Tür schlich: Das ist der Graf Franz. Der hat alles, was hier zu sehen ist, gesammelt.
Es war viel zu sehen, in Gedanken bewegte er die Kürasse und Helme, die Baretts und schweren Hemden. Nun wusste er, wie er die »alten Teutschen« anzuziehen hatte.

Er hatte einen ergiebigen Sommer hinter sich. Die Eltern wunderten sich, dass er, ohne nach dem Badener Aufenthalt zu pausieren, zu zeichnen anfing: Figuren, die er entdeckte, ankleidete – Hagen von Tronje zum Beispiel, die Weiber von Weinsberg, Ul-

rich mit dem abgeschlagenen Haupt des Sultans, den Dynasten von Hirschberg in mehreren Szenen und, ganz ohne Personen, den Heidelberger Schlosshof, den er, die Furcht des Kindes vor dem drohenden Gemäuer abstreifend, nun für sich eroberte, ihn als Maler sah: düster und geisterhaft.
Dieffenbach fand an dieser Entwicklung Gefallen, sammelte die Blätter ein und bündelte sie mit dem Badischen Skizzenbuch für die Herzogin.
Er ersetzte, was er nicht mehr hatte. Er zeichnete konzentriert, vergaß seine Umgebung. Der Charles sei ganz bei der Sache, fand die Mama, und vergaß den Karl.
Dieffenbach galoppierte mit allerbesten und verstörenden Nachrichten durchs Haus. Die Fürstin schicke ihn mit einer einmaligen Gratifikation von zwanzig Dukaten. Als Dank nahm er eine Zeichnung mit, die bei einer Wanderung durchs Murgtal entstanden war, und kehrte nach einer theaterwürdigen Weile mit Getöse wieder: Mein Bester, ich habe eine Mitteilung für Sie, die Ihr Schicksal und die Pflichten Ihrer Eltern verändern wird. Die Fürstin weiß, dass Sie vorderhand nicht mit notwendigen Einnahmen rechnen können, möchte aber, dass Sie mit Ihrer Gabe der Kunst nicht abtrünnig werden, und bewilligt Ihnen darum ein jährliches Gehalt von vierhundert Gulden. Einstweilen. Einstweilen. Er tänzelte, schnaufte, rieb die Finger, als zähle er die Gratifika-

tion. Aber, mein Bester, um der Fürstin zu danken, müssten Sie mit mir nach Darmstadt.
Dieser Wunsch machte ihn stumm und steif. Nun stellen Sie sich doch nicht so an, Fohr.

Auf der Fahrt nach Darmstadt redete Dieffenbach auf ihn ein, er solle seine Freude zeigen, seine Dankbarkeit, er habe ein sicheres Künstlerleben vor sich. Fohr lauschte dem rhythmischen Schlag der Räder, der Hufe, saß mit geschlossenen Augen. Kurz vor Darmstadt sagte er: Ich hätte mich auch, wie immer, mit einem Bild bedanken können.
In Darmstadt, an der Poststation, wartete Issel, er müsse unbedingt gratulieren. Er stand zwischen beiden, Issel und Dieffenbach, ein Gefangener ihres Stolzes, Lockenkopf und Knickebein, sagte er leise vor sich hin und wiederholte in Gedanken die beiden Wörter, bis sie ihn Schritt für Schritt in den Schlosshof trugen, wo er vom Hofmeister empfangen wurde. Die Herren würden erwartet. Die Herren. Er lachte kurz auf, was Issel mit einem missbilligenden Grunzen kommentierte, Dieffenbach aber veranlasste, ihm die Hand auf die Schulter zu legen.
Die Fürstin saß auf einem Stuhl mit hoher Lehne, wie auf einem Bild. Ein Bild, das, kaum hatte er sich verbeugt, wie ihm Dieffenbach geraten hatte, zu reden begann: Ich glaube an Ihre Begabung, sagte die Fürstin, sie wolle ihm mit dem Gratial Freiheit

schenken, auch eine Ausbildung bei einem namhaften Lehrer. Ja, sagte sie in ihrem freundlichen Badisch: Ja, das haben Sie nun vor sich, Monsieur Fohr.
Danke, Hoheit. Er verbeugte sich.
Professor Dieffenbach wird mich über den Fortgang unterrichten.
Den Fortgang?, dachte er. Wohin?
Issel hielt den Abschied noch auf, indem er bat, in das Badische Skizzenbuch schauen zu dürfen. Die Fürstin blätterte es für ihn auf. Er nickte und ließ bewundernde Vokale hören. Das habe ich von dem Jungen erwartet, stellte er fest und machte damit deutlich, dass er sein Entdecker war.

Die Weinheimer Freunde tauchten in Heidelberg auf und bestärkten ihn in der Stimmung, in die ihn Dieffenbach mit den Heldensagen und den Nibelungen versetzt hatte. Das schöne Wort Vaterland hatte er ihm ein- und vorgeredet. So war er gewappnet für die Unruhe, die die Studenten ergriffen hatte, angesteckt von den zurückkehrenden Soldaten aus den Freiheitskriegen, den Besiegern Napoleons. Lauter große Wörter und Ideen ergriffen sie alle, machten sie laut und stark. Sie trugen altdeutsche Kleider, sangen von der Obrigkeit nicht geschätzte Lieder, schlossen sich zu Bünden zusammen, zu Burschenschaften.
Die Eltern staunten über den Sohn, der oft hinaus-

stürmte, hungrig, und anscheinend das Malen vergessen hatte. Mit dem Vater ließ er sich, vorsorglich, nicht auf vaterländische Diskussionen ein. Der war froh, dass Bonaparte aus der Geschichte verschwunden war, bestand aber darauf, Badener und Franzose zu sein.
Übertreib nicht, Charles, mahnte der Vater.
Geh lieber wieder skizzieren, bat die Mutter.
Erzähl von den wilden Burschen, drängten die Brüder. Er malte ihnen ein Bild, über das sich reden und phantasieren ließ: »Das Turnier von Bessungen«. Dieffenbachs historische Ausflüge steckten dahinter. Ihm war bei einem Spaziergang durch Bessungen das von den Grafen von Katzenellenbogen initiierte Turnier eingefallen, das zu einem wüsten Gefecht zwischen fränkischen und hessischen Adeligen ausartete. Sechsundzwanzig tote Helden blieben auf dem Platz. Um dabei zu sein, studierte er Wencks »Hessische Landesgeschichte«.
Die Brüder bewunderten ihren Karl und nahmen das Geschenk stolz entgegen.
Dem Patriotismus verfallen, vergaß er sich. Er trank sich besinnungslos, wütete gegen unsichtbare Feinde, sah in Träumen Ritter auf endlosen Schlachtfeldern.
Dieffenbach unterbrach den vaterländischen Rausch, brachte das erste Jahresgehalt und schlug als weiteren Schritt der Ausbildung den Besuch der Kunst-

akademie in München vor. Sie habe einen guten Namen. Die Eltern drängten ebenso: Er müsse sich bilden.

Ich kann ja, was ich will, wehrte er sich.

Kurz darauf brach er auf.

7.

Issel, der alles besser wusste, hatte ihn, nachdem er ihn auf den Münchner Geschmack brachte, vor den Münchner Schulen gewarnt. Wenn er nicht aufpasse, gerate er in die Klemme.

Die Stadt gefiel ihm, es gab die alten Winkel und die neuen Geraden. In der Nähe von Theodors Park wurde ihm, als er sich in Peter von Langers Kunstakademie einschrieb, ein Zimmer in einem Quartier empfohlen, das von Martin Hohler, einem Museumsdiener, seiner Frau und einem keuchenden Mops bewohnt wurde. Er beschloss, während er sich vorstellte, von sich und seinem Zuhause erzählte, mit ihnen gut auszukommen. Hohler bereitete ihn auf die Streitigkeiten unter den Malern vor, den Anhängern von Langer und denen von Hämlich, dem Direktor der Gemäldegalerie. Langer schickte ihn gleich am Anfang zu den Antiken, er solle sie geschmackvoll abbilden. In Hämlichs Galerie entdeckte er den Ma-

ler Josef Anton Koch, seine »Heroische Landschaft mit Regenbogen«. Auf solche Bilder lebte er zu. Bei Langer erzeugte er mit seinen historischen Skizzen Anstoß. Er solle sich in diesem Gestrüpp nicht verfangen. Er widersetzte sich: Aber Dürer, aber Raffael!, entgegnete er Langer.
Kochs Gemälde, die Tafeln in der Galerie spornten ihn an, über die Zeichnung hinauszugelangen. Er schaffte sich Ölfarben an, eine Staffelei, Leinwand. Es könnte gehen.
Dazu brauchte es nur noch den Auftritt Ludwig Sigismund Ruhls aus Kassel. Wenn es Freundschaft auf den ersten Blick gibt, dann ist es unsere, resümierte Fohr später in Rom, als schon die Studien für das letzte Bild entstanden, Kopf für Kopf.
Er hatte den Freund gefunden, den Gleichgesinnten, den, mit dem er teilen konnte: Erfahrungen, Erwartungen, Gegenwart und Zukunft. Auch in seiner Auseinandersetzung mit Langer half ihm Ruhl. Er weigerte sich, Landschaften nach Schema zu zeichnen, künstliche Gegenden, und wehrte sich überdies gegen Langers Angriff auf den »Ästhetizismus«, der sich an der Kunst der Vergangenheit bilde.
Pfeifen kann ich auf diese Regeln ohne Halt, auf diese hohlen Weisungen.
Dann pfeif, Fohr.
Pfeif mit, Ruhl.
Gemeinsam standen sie andächtig vor den Land-

schaften Kochs in der Gemäldegalerie. Ruhl wusste Bescheid über die Konsistenz und Mischung von Farben: Mit ihnen die Natur zu erwidern, sei das reinste Vergnügen.

Bring mir das Malen bei, Ruhl.

Du kannst es längst.

Ich habe Zeichnungen koloriert, mich nie an Ölfarben gewagt.

Die Empfehlungen der Fürstin und seiner Darmstädter Gönner halfen. Er lernte kunstsinnige Bürger kennen, die ihm wiederum den Zugang zu Galerien vermittelten und ihm auch Bilder abkauften.

Langer entschärfte das Verhältnis, indem er sich ausgiebig mit Fohrs Arbeiten beschäftigte, deren perspektivischen Blick lobte.

Perspektive habe er bei dem Darmstädter Baurat Moller gelernt, und unter seiner Anleitung sei auch die Innenansicht der Kirche von Oppenheim entstanden. Ebendiese Zeichnung stellte Langer als Beispiel einer gelungenen Perspektive aus, zusammen mit einem Aquarell, das den Münchner Pferdemarkt erzählt. Das half dem Frieden nicht. Langers Regelwerk, nach dem Kunst stattzufinden habe, schränkte ihn ein und lähmte ihn.

Dieffenbach schrieb er, »die Anfangszeit meines hiesigen Aufenthalts bis zur Vakanz, die den 1. September anfieng und bis jetzt dauerte, benutze ich mit

Zeichnen nach den Antiken in der Akademie und mit Kopien aus der Galerie, welches ich aber heimlich tun musste, weil der Direktor Langer allen Eleven das verbietet, bloß weil sein Feind der Herr Galerie-Direktor Hämlich ist. Ich hatte mir auch unter dieser Zeit die Materialien fürs Ölmalen angeschafft.«

Frei zwischen zwei feindlichen Parteien übte er mit Ruhl die Ölmalerei. Er lernte rasch. Erzählen hast du schon immer gekonnt, staunte Ruhl. Auf einer Wanderung an den Ammersee geriet er mit Freunden in ein Gewitter. Nass und fröstelnd kam er nach Hause. Die Strapaze wuchs sich zum Fieber aus. Ruhl machte Fohrs Husten Sorge. Er hatte Schüttelfrost, offenkundig Fieber.

Soll ich einen Doktor holen?

Lass es bleiben.

Die Hauswirtin riet, die Beine feucht zu fatschen. Was beide nicht verstanden. Bis sie dem bebenden Fohr feuchte Tücher um die Waden wickelte. Das helfe immer.

Ruhl wusste noch besser zu helfen. Er zog sich aus, schlüpfte zu Fohr ins Bett, zog ihn an sich, trieb ihm mit seiner Wärme den Frost aus.

Ich schreibe das, und meine Gedanken beginnen zu wandern. In dieser Generation lernten die jungen Männer Zuneigung und Nähe untereinander. Ich denke an Mörike, der zu Hartlaub ins Bett schlüpfte, an Hölderlin und Neuffer, an Schubert und seine Zimmergenossen. Ich habe ihn geliebt, rief Cornelius Fohr nach. Freundschaft und Liebe gehören zusammen. Vielleicht sind die Frauen dieser Epoche so stark, weil die Männer erst lernen mussten, Frauen zu lieben. Frauen wie Susette Gontard, Fanny Mendelssohn, Clara Schumann, Rahel Varnhagen, Johanna Kinkel, Henriette Herz. Vermutlich hat Fohr in seinem kurzen Leben sich eine Liebste gewünscht, doch nie eine gehabt.

Er erholte sich rasch. Nur durch meine Pflege, darauf bestand Ruhl.
Ich möchte weg. Bloß nicht heim. Er hatte vor, nach Tirol zu wandern, über Innsbruck in die Berge, Landschaften einsammeln, neue Ausblicke.

8.

Da mischten sich die Missgünstigen ein. In einem Gasthaus, abends, geriet er in Streit mit einem Studenten der langerschen Schule. Er sei eine eingebildete Hochnase, warf der ihm vor, glaube mehr zu können als andere, sogar als sein Lehrer.
Wenn ich euch so anschaue, oder nein, wenn ich eure Bilder anschaue, dann sehe ich nur Stumpfsinn, sture Nachbildung. Zum Kotzen find ich euch.
Er hatte sich auf ein Wortgefecht eingestellt, mit Gewalt nicht gerechnet. Dass einer mit einem Säbel ausgerüstet war, einer von den Altdeutschen, mit denen er sympathisierte, überraschte ihn. Eine eigentümliche Gelassenheit ergriff ihn: Ich bin nicht bewaffnet, Eberle.
Eberle drückte sich zwischen zwei Kumpanen auf ihn zu, wurde aber aufgehalten, sie entrissen ihm die Waffe: Das erledigen wir auch so. Wofür haben wir Fäuste?

Fohr war vom Stuhl gesprungen, stand, die Arme abwehrend erhoben: Wir sind alle Maler, begabte und weniger begabte, und wir schlagen uns, weil wir Anfänger sind, unsicher und unserem Lehrer verpflichtet.
Die anderen lachten und einer rief das Stichwort, das ihn in diesem bösen Spiel schwächte und aussetzte: Du bist ein Verräter. Du hast dich auf die Seite von Mählich geschlagen.
Geschlagen, wiederholten ein paar Stimmen, wie den Refrain eines Lieds. Dann fielen sie über ihn her. Er ließ die Arme sinken. Ein mächtiger Schlag raubte ihm den Stand. Er sank in ein Gatter von gestiefelten Beinen, wurde getreten, bis eine Stiefelspitze seine Schläfe traf und er das Bewusstsein verlor.
Der Wirt und Ruhl, der nach ihm gesucht hatte, redeten auf ihn ein, Ruhl half ihm, sich aufzusetzen, der Wirt flößte ihm Schnaps ein. Ihm wurde übel. Sich am Arm Ruhls hochziehend, stand er auf.
Was musst du dich brüsten, Fohr?
Sie haben mich geprügelt.
Ruhl hielt ihn vor sich hin und maß ihn mit Blicken, als ginge es um ein Porträt: Du bist eine einzige Beule, Karl.
Der Wirt schüttelte sich vor Lachen und entschuldigte sich für seine rabiaten Gäste.
Einen Tag ruhte er aus, gehütet von Ruhl, danach machte er sich auf den Weg, nach Tirol. Er hatte ge-

nügend Geld gespart, einige Zeichnungen verkauft, und fürs kommende Jahr konnte er mit dem Gehalt der Fürstin rechnen.

Ruhl begleitete ihn eine längere Wegstrecke, sie redeten kaum miteinander, ehe sie sich umarmten, küssten, und Ruhl umkehrte.

9.

Anfangs gelang ihm nicht eine Zeichnung. Er war aufgebrochen, hatte sich die Reisetasche umgehängt, das karge Geld für die Reise abgezählt, sich von Ruhl begleiten lassen, um, wie er sagte, den Abschied zu spüren, einen Schmerz, der die Bilder befreit. Da täuschte er sich. Die Gegend, die er sich ausgedacht hatte, das Gebirge, wehrte sich gegen ihn. Ständig musste er den Blick heben. In den Tälern halfen ihm zwar freundliche Leute weiter, fand er billiges Quartier, sein Blick jedoch hatte noch nicht die Höhe gewonnen. Sein Stoßgebet lautete: Hilf, Josef Anton. Die Bilder Kochs gewannen in seiner Erinnerung eine ungeheure Tiefe, aus der die Berge wuchsen. Abends im Quartier fragte er die Bauern nach Andreas Hofer aus und genoss deren nachträgliche Wut auf Bonaparte. Was hier Freiheit sei, lehrten die Berge. Sie redeten über Hofer, den Gastwirt, Abgeordneten und Freischärler, so vertraut wie über einen

Nachbarn. Und es traten ihnen die Tränen in die Augen, wenn sie über seinen Tod sprachen, wie ihn die Franzosen in Mantua erschossen. Einer der Bauern besaß ein Porträt, das nach dem Bild Defreggers gestochen war. Er küsste es wie ein Heiligenbildchen. Die Berge fügten sich seinen Blicken. Erleichtert zeichnete er.

Knapp hinter Meran wurde gesprochen, was er nicht verstand. So musste er, wie als Kind, zeichnen, was er fragen wollte, was er wünschte. Das Italienische gefiel ihm, es war eine Sprache, die von den großen Malern gesprochen wurde, von Raffael, Ghirlandaio, Giotto. Auch von den Heiligen, die ihn rührten, wie Franz von Assisi. Mit der Zeit füllten die fremden Wörter seinen Mund. Auf einem Spaziergang durch Verona fiel ihm auf, dass er die römischen Reste mit dem Heidelberger Schloss verglich. Das unterschiedliche Gedächtnis der Städte ließe sich vielleicht in Bildern vereinen. In Bassano del Grappa traf er auf die Brenta, den Fluss, ging über die bizarre Brücke. Der Fluss führe, wurde ihm gesagt, schnurstracks auf die Serenissima zu, auf Venedig. Die schönsten Villen säumten ihre Ufer. Ein Baumeister bestimmte die ganze Gegend, Palladio, der die ungebrochene Linie so beherrschte, wie er sie in seinem Traum anstrebte.

Einmal, vor Venedig, machte er Rast, schlief in einer Laube, angespannt von der Angst, ertappt zu werden. Die letzte Wegstrecke lief er. Dann erschien die Stadt überm Wasser: »Ich gieng die Brenta hinunter an den Meeresstrand.« Lange saß er im Sand und maß in Gedanken ein Bild, ein Ölgemälde, aus. Immer wieder erzählte er von diesem Augenblick. Fortwährend habe ich den Atem angehalten, in den Bergen, die ganze lange Zeit, und dann weitete meine Brust eine wunderbar leichte Luft. Kam die Sprache auf Venedig, erzählte er von dieser Befreiung.

Er hatte nicht mehr viel Zeit. Zehn Tage hielt er sich in der Stadt auf, von seiner Wohnung im Getto waren die großen Kirchen, die Akademie zu erreichen. Er wanderte in Bilder hinein, und manchmal fürchtete er sich, nicht mehr hinauszufinden. Auf Zettelchen skizzierte er seine Fragen und Wunschbilder. Ein sehr eleganter Cavaliere lief hinter ihm her, redete auf ihn ein. In der Herberge suchte er sich im Spiegel, entdeckte einen schönen Kopf, bereit für ein Bild. Er legte sich auf den Boden des Zimmers, schloss die Augen und sah sich unerreichbar und edel.

Auf dem Rückweg nach München hielt er öfter an, sammelte Gegend, zeigte sich dem Gebirge gewachsen, in den Salzburger Bergen fand er Aussichten, die ihn sicher stimmten, die Furcht vor den steinernen Wänden war gewichen.

Den Rest des Wegs lief er, ließ sich keine Zeit,

vorm Haus fing Ruhl ihn auf, schloss ihn in die Arme, und er merkte, wie es in seinem Kopf weiterlief.

Bleib hier, beruhigte ihn der Freund.

Er hatte Ruhl vermisst. Jetzt brach es aus ihm heraus. Du kannst dir die Schluchten nicht vorstellen, steinerne Riffe, Wasserfälle und ein Himmel darüber, ein blauer Fetzen, manchmal bestückt mit Sternen und einem Mond, der bleich und mager auf dem Rücken liegt.

Ruhl legt ihm die Hand auf den Mund: Spar dir auf, was du erzählen kannst.

Siebzig Ansichten!, rief er, warf die Reisetasche auf den Tisch. Hol sie raus, forderte er Ruhl auf. Der tat es mit großer Vorsicht, zog die Blätter auseinander: Das ist ja die halbe Welt, Fohr, legte ein paar Skizzen nebeneinander, Berge, Schluchten, Seen und nur wenige Menschen. Mir begegneten auch nur wenige. Fohr lachte, ließ sich auf die Chaiselongue sinken, ich bin müde.

Leg dich hin. Zu Ruhls Verwunderung ging er nicht ins Bett, sondern streckte sich auf dem Boden aus. Betten habe ich nur selten genossen. An die harte, flache Bettstatt, mal Waldboden, mal Holzdiele, habe ich mich gewöhnt.

Ruhl beugte sich lachend über ihn, ging in die Hocke, blieb eine Weile so, wie ein Sanitäter neben einem Verwundeten, und legte sich schließ-

lich neben Fohr: Du bist ganz schön abgehärtet.
Er erzählte sich in den Schlaf. Dass er, wenn er in Gasthöfen übernachtete, meistens mit einem Porträt des Wirts oder der Wirtin bezahlt habe, dass die Angst oft sein Begleiter gewesen sei, im Gebirge, und er sich im Nachhinein frage, wovor er sich gefürchtet habe. Ich brauchte sie, um bei mir zu bleiben. Die Angst hielt mich wachsam.

Er schlief. Ruhl ließ ihn schlafen. Doch bald wurde er von seinem Freund beschäftigt: Du wolltest mir beibringen, mit Öl zu malen. Die Farben, die Leinwand, die Grundierung – was er vor seiner Wanderung gekauft hatte, hatte Ruhl aufbewahrt, und die Dinge waren rasch zur Hand. Er lernte. Was ihm zu Ruhls Erstaunen auch in der Farbabstimmung gelang, war eine Landschaft. Aus der Phantasie. Der Blick in eine schnurgerade, die Perspektive ausreizende Allee. Die Figuren malte Ruhl: Etwas steif und zufällig spazieren sie alle zwischen den Bäumen. Fohr bewegte sich vor der Staffelei wie ein Läufer, der losrennen möchte. Ruhl sah ihm dabei zu, ermunterte ihn zu Korrekturen, den Farben dürfe er nicht so ohne Weiteres vertrauen.
Mein erstes Gemälde. Ich werde es der Herzogin schenken. Er schloss, voller Überschwang, Ruhl in die Arme. Ich danke dir, liebster Freund.

Ruhl nahm Fohr in sein Leben mit. Er führte ihn ein in einen Kreis von laut denkenden Künstlern, Altdeutschen, die seine Ritterszenen bewunderten, sammelten, die allerdings auch für eine Wandlung sorgten: Aus dem bescheidenen Wanderer, der wo auch immer seinen Schlaf suchte, wurde ein ausdauernder Gast in Cafés und Kneipen, Freund vieler, begleitet und gehütet von Ruhl, der darüber wachte, dass der zu Melancholie neigende Fohr sich nicht übernahm.

Mit einem Freund Ruhls wetteiferten sie in der Übertragung von Grafiken Dürers in kleine Ölbilder. Mit Ruhl las er Tieck und Fouqué, schwelgte in der erdichteten Ritterwelt, rief Melusinen und Undinen wach. Manchmal legte er sich, wie bei seiner Rückkehr aus Italien, auf den Boden, faltete die Hände über der Brust, schloss die Augen: Lies mir aus der »Undine« vor.

Ruhl setzte sich neben ihn, las, und Fohr fiel ihm gleich ins Wort: Nicht den Anfang, den Schluss. Ich kenne ja die Geschichte.

Du spinnst doch, Fohr.

Du nicht, Ruhl.

Ich lese vor.

Ich höre zu.

Aber du hast Ansprüche.

Nein, einen einzigen Wunsch: das Ende bitte.

Die Ölmalerei nahm ihn gefangen. Er berichtete der Fürstin in Darmstadt. Und er schwänzte den Unterricht in der Akademie. Ohne Arg, mit Eifer. Langer bestellte ihn zu sich, empfing ihn nicht in seinem Zimmer, fing ihn gleich auf dem Gang ab und trieb ihn mit Vorwürfen in die Enge.
Sie haben anscheinend kein Bedürfnis mehr zu lernen, Herr Fohr.
Ich male, jeden Tag.
Ich sehe nichts davon.
Ich probiere aus, Herr von Langer.
Das können Sie so viel und so oft Sie wollen, doch nicht hier in der Akademie. Und falls Sie morgen nicht zum Aktzeichnen erscheinen, fliegen Sie von der Akademie, und ich lasse Sie polizeilich aus München ausweisen.
Das alles berichtete er der Herzogin und Dieffenbach. Er wurde nicht relegiert. Offenbar hatte der Einfluss der Herzogin gewirkt.
Aber er hatte genug.
Dieffenbach unterstützte ihn: An diesem Institut könne er nichts mehr dazulernen.
Der Abschied von Ruhl fiel ihm schwer. Sie versprachen einander, sich bald wiederzusehen, versicherten sich ihrer Freundschaft.
Zu Hause werde ich nicht bleiben.
Ich gehe auch nicht heim nach Kassel, sagte Ruhl, mich zieht's nach Rom.

Nach Rom. Zwei Wörter als Wegweiser für die Zukunft.
Ruhl begleitete ihn fast den ganzen Tag über. Es war warm. Der Mai weckte das Land, vertiefte die Farben. Sie wanderten über eine Dorfstraße, und Ruhl stellte in seinem Kasselaner Hessisch fest, dass die Idylle doch ziemlich »dreggisch« sei. Unvermittelt hielt Fohr vor einem Gasthof an, riss Ruhl an sich: Adieu, mein Lieber, spätestens in Rom.

Fohr schrieb Dieffenbach, es sei ihm nach diesem Abschied so gewesen, als müsse er in sein Grab.
Ich fange jetzt erst an zu leben, sagte er laut und mit Nachdruck in die dichter werdende Dunkelheit, dann raschelte es, raschelte und knackte es im Gestrüpp vor der Mauer. Offenbar hatte er ein Nachtwesen geweckt.
Am Tag darauf traf er einen der Weinheimer. Der staunte: Ob er sich die ganze Zeit versteckt gehalten habe?
Er sei in München auf der Akademie gewesen und habe vor, nach Rom zu gehen.
Der Mann hakte sich bei ihm ein, als wäre er ein alter Freund, doch Fohr ging steif, mit durchgedrückten Beinen neben ihm her.
Nimm dir Zeit, Fohr, der alte Freundeskreis hat sich hier in Heidelberg zusammengetan, und wir brauchen einen wie dich.

Aber ich gehe nicht zur Universität.
Du behauptest, in München Malerei studiert zu haben.
Nichts habe ich behauptet. Er machte sich los. Ich hab deinen Namen vergessen.
Ich bin der Bernges.
Fohr hob die Schultern und spürte, wie ein Lächeln sein Gesicht zur Grimasse verzerrte: Viel Zeit bleibt mir hier in Heidelberg nicht mehr.
Es schien Bernges wichtig zu sein, ihn zu den alten Freunden zu holen. Im »Ritter« treffe man sich an jedem Wochenende. Er umschloss noch einmal mit einem festen Griff Fohrs Arm: Komm, du bist uns herzlich willkommen, Maler.
Dem groben Bernges war es also ernst. Er würde seiner Einladung folgen.
Ich komme, Bernges, gleich am Samstag.
Der boxte ihn in die Rippen, dass ihm die Luft wegblieb und er sich rasch mit ein paar Schritten aus der Reichweite des Burschen entfernte. Bernges studiere Medizin, erfuhr er später.
Sie empfingen ihn, wie er es nicht anders erwartet hatte, stürmisch und lärmend. Viele kannten ihn ja aus Weinheim.

Dieffenbach nennt in seiner Biografie Namen. Jetzt kann ich sie aufrufen, jetzt haben sie ihre Geschichte, werden ihre Geschichte haben, wie Follenius, dem ein Prozess wegen demagogischer Umtriebe gemacht wurde, der für die Zeit, in der Fohr schon in Rom ist, im Gefängnis verschwand. Pfeifer, Marx, Pagenstecher, von Gersdorf, Beulwirz, Mühlenfels – sie allesamt Teutonen, zu denen er sich, hospitierend, auch rechnen durfte.

Sie tranken, debattierten über die große Vergangenheit und eine mögliche demokratische Zukunft, frei von der Kleinstaaterei, und, wie Beulwirz dringlich wiederholte, mit einer einzigen Währung, ohne Wechselstellen, ohne Zoll, eine Union, Freunde!

Trinkend, die Humpen im Rhythmus auf die Tische knallend, fanden sie für die Treffen des Bundes Regeln und auch Wörter. Sie schmollierten, das heißt, sie tranken Bruderschaft. Sie zeigten in ihrer Kleidung, dass sie zu den Aufrührern gehörten, sie trugen die lange altdeutsche Jacke und das Barett. Wäre es nach Pfeifer gegangen, wären sie in Rüstungen durch Heidelberg gestapft. Sie waren die Ersten, nicht die Letzten. Sie reagierten lauthals auf die Unruhen der Epoche und setzten auf ihre patriotische Weise fort, was die Revolution in die Welt gebracht hatte: die Idee von Freiheit und Brüderlichkeit. Mit der Gleichheit hatten sie Schwierigkeiten. Sie brachen miteinander auf und blieben untereinander. Fohr bekam das gelegentlich zu spüren. Er fügte sich

und wenn er sich angegriffen fühlte, verschloss er sich oder zog sich zurück.
Was ist mit dir, Fohr?
Was soll mit mir sein, Mühlenfels?
Du hältst dich raus.
Er lehnte sich zurück, sah dem Freund lachend ins Gesicht: Vielleicht bin ich auch draußen.
Du meinst: in Gedanken.
Wie du es sagst.

Er kehrte heim ins Haus unterm Schloss nicht als Sohn, als Bruder, vielmehr als Gast.
Er habe sich verändert, klagte die Mutter.
Du bist ein anderer, fand der Bruder, und er gab sich alle Mühe, so zu sein, wie sie ihn gekannt hatten. Aber sie waren ihm ja auch fremd.
Gleich am ersten Abend spazierte er hinauf aufs Schloss, hockte sich unter den ausladenden Ginkgobaum und redete mit Ruhl. Ich bin heimgekommen, aber eigentlich, sagte er in die Dämmerung, eigentlich bin ich nur auf Durchreise. Nach Rom! Dir nach, mein Freund.
Er hatte alles vorbereitet, die Erbprinzessin für sich gewogen zu stimmen. Aus München hatte er eine Kiste mit drei Ölgemälden nach Darmstadt geschickt. In einem Begleitbrief bettelte er nicht, machte sich nicht klein, trat auf als ein Maler, der sein Können ermisst.

»Diese Bilder wollen nichts anderes als mir eine gnädige Erinnerung verdienen. Der junge Ruhl aus Kassel, mit dem ich während der ganzen Zeit meines hiesigen Aufenthaltes zusammen wohnte, und der nun in drey Wochen nach Italien abreist, hat mir die Behandlung der Ölfarben mitgeteilt und mich hierdurch in den Stand gesetzt, den Gebilden der Phantasie einen kräftigeren und bleibenden Ausdruck zu geben. Urteilen Eure Königliche Hoheit, wie nützlich es mir seyn würde, diesen leitenden Freund nach Italien zu begleiten, wo in Rom auch der berühmte Koch sich aufhält, unter dessen Meisterhand mein größter Wunsch erfüllt werden könnte, Ihnen, Eurer Königlichen Hoheit, meine künftigen Gemälde mit mehr Geist und Schönheit darzustellen.«

Er redete, auf die abendlichen Geräusche aus der Stadt unten lauschend, dem Brief nach, hatte nicht mehr jeden Satz in Erinnerung, doch den angestrengten Tonfall und erinnerte sich, wie Ruhl aufgebracht war, nachdem er ihn vorgelesen hatte. Gleich nach »der junge Ruhl aus Kassel« hatte er ihn unterbrochen: Das höre sich abscheulich herablassend an, er sei auch nicht älter. Er hatte ihn beruhigt: Warte Ruhl, gleich wirst du ernst genommen und gelobt.

Er hatte den Freund getroffen und verletzt. Doch beim Abschied hatte er es sich nicht merken lassen, ihm den falschen Ausdruck nicht nachgetragen.

Mit den abendlichen Gängen zum Schloss schuf er sich eine Distanz zu den häuslichen Turbulenzen. Aus Anspannung brauste er oft auf, legte sich mit dem Vater an, warf ihm seine pädagogische Rechthaberei vor.
Issel, der öfter zu Besuch kam und sich die neuen Zeichnungen zeigen ließ, drängte er, sich bei der Prinzessin für ihn zu verwenden: Ich muss nach Rom. Ich ersticke hier noch.
Er bereitete sich, ohne dass es die Eltern und Brüder merkten, auf seine Reise vor, las, was es über Rom zu lesen gab, beschäftigte sich mit den sogenannten Nazarenern, deren Malweise, nicht aber deren aufgeschminkte Frömmigkeit ihm gefiel.
Issel, wie immer aufgeregt und mit Bedeutung auftretend – alles was er sagte, tönte wichtig –, erlöste ihn aus dem dumpfen Wartestand: Die Prinzessin genehmige und finanziere einen Aufenthalt in Rom, möchte ihn aber, bevor er aufbreche, noch einmal sprechen.
Er fuhr mit Issel nach Darmstadt, diesmal geradezu übermütig, ohne die Beklemmung, die er bei den ersten Besuchen im Schloss empfand. Die Prinzessin wollte wissen, wie er sich Arbeit und Lehre in Rom vorstelle.

Er werde sich mit Josef Anton Koch in Verbindung setzen, Ruhl werde ihm dabei helfen. Bei Koch könne er noch lernen, Landschaft zu sehen, vor allem das Gebirge.
Die Dame hörte ihm aufmerksam zu, nickte zustimmend und bemerkte nicht ohne Ironie: Nur Berge malen wird Sie mit der Zeit langweilen, Herr Fohr.
Um sie nicht zu verstimmen, pflichtete er ihr bei und versprach, was ihn bis zu seinem Ende beschäftigen würde: Ja, Königliche Hoheit, nur Berge müssen nicht mein Thema sein, ich möchte das Leben malen, Porträts, Köpfe, die mir in Erinnerung bleiben sollen.
Das fand die Prinzessin ausgezeichnet. Sie wünschte ihm eine gute Reise und einen erfolgreichen Aufenthalt in Rom; Issel werde das Reisegeld in den nächsten Tagen seinen Eltern überreichen.

Der Vater hatte sich eine Zeremonie ausgedacht, versöhnlicher geworden nach den heftigen Streitigkeiten. Fohr wurde zum Abendessen gerufen. Die Familie saß bereits vollzählig am Tisch, sah ihm erwartungsvoll entgegen, sodass er irritiert fragte: Was ist?
Du wirst sehen, trompetete Daniel, der kleine Bruder, zeigte auf Fohrs Teller, der unter einer Serviette verborgen lag. Du wirst sehen.

Ja? Mit einem Schritt stand er hinterm Stuhl, zog die Serviette weg: Auf dem Teller lagen Geldscheine und Münzen.

Das Reisesalär, erklärte der Vater, und die Mutter schlug, als schäme sie sich für diese große Summe, die Hände vors Gesicht. Issel habe ihm das Geld überreicht, im Auftrag der Großherzogin, und er habe als Vater des jungen Stipendiaten die Übernahme bestätigen müssen.

Jetzt kannst du nach Rom, Karl, sagte er, und die Mutter setzte ein geseufztes »In Gottes Namen« nach.

Er packte, lief vom Haus in die Stadt, erzählte den Freunden, die er zufällig traf, dass er nach Rom aufbrechen werde, schon in den nächsten Tagen: Sagt's weiter!

Er zeichnete das Schloss, packte den angebrochenen Skizzenblock in die Reisetasche, es könnte sein, dass er unterwegs Ansichten sammelte, aber – und der Gedanke setzte sich in seinem Kopf fest –, aber wenigstens ein Blatt aus dem Buch musste er den Eltern als Erinnerung hinterlassen. Vielleicht eine Zeichnung vom Haus, das er aus diesem Grund musterte wie eine Person, doch er verwarf die Idee, nachdem er sich zufällig und im Vorübergehen in einem Spiegel gesehen hatte. Sich selber, ein Selbstporträt würde er den Eltern und Brüdern hinterlassen: Mein Bild, sagte er in den Handspiegel, den er sich von der

Mutter erbeten hatte, die sich über seine Eitelkeit lustig machte. Ich bin halt ein Maler, sagte er und hoffte, sie würde ihn verstehen.

Es ist das erste Mal, dass er ein Bild von sich macht. Issel hatte ihn immer wieder dazu aufgefordert. Er sieht sich und einen anderen. Er möchte sich zeichnen, wie er ist und wie er sein möchte. Es braucht nicht viel, es braucht den sicheren Stift und die Linie, die trifft, und er ist verblüfft, wie wenig er sagen könnte über seinen Mund, seine Nase, seine Augen – jetzt weiß er es. Er zeichnet seinen Kopf in eine Klarheit, die ihn beunruhigt. Während er das Haar mit weichem Stift strähnig über die Schläfen und Wangen fallen lässt und sich so die kompliziert wiederzugebenden Ohren erspart und flüchtig Kragen und Jacke andeutet, ist er sicher, dass diese Zeichnung zwar ein Abschied, doch zugleich ein Anfang ist.

Es war kalt geworden, nass, die Bäume im Garten unter dem Klosterberg verloren ihr Laub, der Himmel hing nieder und grau und schloss die Stadt in ihr Tal ein. Jetzt wollte er gehen. Er überreichte dem Vater die Zeichnung. Der staunte und hielt sie vor sich hin, sodass auch die Mutter sie anschauen konnte: Das bist du, ja, sagte er, das ist dir gelungen, Karl. Er weiß es. Die es später sahen, in Büchern, im Mu-

seum, wissen es auch. Es ist das Meisterwerk eines Einundzwanzigjährigen, eines der markantesten Selbstporträts seiner Epoche, des Biedermeier, ein Wunder.
Ich habe mich daran nicht sattsehen können, bis ich begriff, dass es die erste Seite meines letzten Buches ist.

Bevor er Heidelberg verließ, fand er für die lange Reise einen Begleiter und Beschützer: Ein Nachbar fragte die Eltern, ob sie ihm seinen Hund abkaufen wollten, einen vom Sankt Bernhard, den er nun abgeben müsse, da er zu den Soldaten gerufen sei. Ein schwerfälliges, mächtiges Pelztier stand da vor der Tür, und Fohr, der die Treppe herunterkam, rief: Den nehme ich! Er beugte sich zu dem Tier, streichelte es über den schweren Kopf, das schien ihm zu behagen: Wie heißt du? Wie heißt er?, fragte er.
Grimsel, bekam er zur Antwort.
Prustend richtete er sich auf: Wie kommt er zu diesem Namen? Das ist doch keiner – Grimsel. Als er den Namen sagte, sah der Hund erwartungsvoll zu ihm auf, wedelte mit dem Schwanz.
So heißt er schon immer, sagte der Nachbar. Ich habe mir den Namen extra aufgeschrieben. Sie sehen ja, er hört auf ihn.
Wir gehen, Grimsel, sagte er am Morgen des 18. Oktober 1816. Der Regen hatte aufgehört. Seine Mutter

begleitete ihn auf dem Weg durch die Stadt, mit kurzen Schritten lief sie neben ihm her und klagte, dass er sich den Hund auch noch angeschafft habe, dieses Ungeheuer, und er müsse für den unterwegs auch noch sorgen, der werde gefräßig und durstig sein, warnte sie.
Adieu, Mama.
Pass auf dich auf, mein Karlsche.
Mon Charles, hatte sein Vater ihm beim Abschied nachgerufen.

Er wanderte, nachdem er eine Nacht in einer Scheune am Rhein verbracht hatte, Grimsel neben sich im Heu, der ihn wärmte und schließlich weckte. Von Freiburg nahm er die Abkürzung durch das Höllental nach Schaffhausen. Der Herbst färbte die Landschaft und machte sie zugleich schwer.
Er hat eine Wanderung begonnen wie schon viele vor ihm, große Wanderer: Hölderlin, Seume, Waiblinger.
Nicht wenige seiner römischen Freunde haben die Stadt zu Fuß erreicht. Sie kannten sich aus, spürten, dass sich das Wetter veränderte, erkundeten Wege und Abkürzungen, mieden gefährliche Passagen, waren pfiffig im Auffinden und Erfinden von Unterkünften, waren wachsame Schläfer und in Geräuschen kundig. Kein Laut in der Umgebung entging ihnen.

Ein paarmal unterwegs skizzierte er mit sicherem Strich in ihrer Struktur erfasste Landschaften, seine Blicke skelettierten die Gegend. Wenn er sich, um zu zeichnen, niederließ, legte sich Grimsel ruhig neben ihn hin, und Fohr fühlte sich sicher. In Schaffhausen sprach ihn ein Betrunkener an, lallend und in seiner Mundart. Fohr verstand nur Räbedäberäbe. Er nickte, bekam den Trunkenbold aber nicht mehr los, obwohl Grimsel ihm seinen Platz an Fohrs Seite knurrend streitig machte. Lallend trollte er sich hinter ihm her. In Zürich schließlich verschwand er, grußlos, hinterließ aber sein Gelall, das Fohr noch eine Weile zu hören glaubte. Kurz hinter Zürich kehrte er für die Nacht in einem Gasthof ein. Das Gebirge rückte näher, stellte sich wie eine schrundige Sperre vor den Blick. In Altdorf musste er warten, ehe sich eine Gruppe um einen Wegkundigen geschart hatte, der über den Gotthard führte. Die Zeit verging ihm, da Grimsel verschwunden war und er nach ihm suchen musste. Die Altdorfer machten sich einen Spaß daraus, mit ihm zu pfeifen, zu rufen. Der Hund trottete plötzlich neben ihm her, als wäre nichts gewesen.

Auf dem Passweg lag schon Schnee, knietief, und in ihm war ein Pfad getreten. Sie stapften wortlos hintereinander her und alles, was Fohr sah, was ihm in Ausschnitten vor Augen kam, versetzte ihn in Ungeduld: Er musste bald in Rom ankommen, um die Bilder loszuwerden, ganz ohne Skizze, ganz aus dem Gedächtnis.

In einem Wirtshaus auf dem Pass trug er sich in das Gästebuch ein, »mit dem Hund Grimsel«, der allerdings im Gang vor der Wirtsstube die Nacht verbringen musste, während Fohr in einem geräumigen, mit Stroh ausgelegten Saal eine Schlafstatt zugewiesen wurde. Neben ihm versuchte ein junger Mann zu schlafen, der es nicht aushielt, ohne zu reden, so kamen sie ins Gespräch. Er wolle nach Milano, zu seinem Papa, der da in einer Kleidermanufaktur arbeite. Wie Fohr dazu komme, so gut Französisch zu sprechen?

Mein Papa ist ein Franzose, gab er zur Antwort und fügte hastig hinzu, eigentlich wieder nicht.

Wie mein Papa, erwiderte der Junge, er ist eigentlich kein Italiener.

Mit dem Schlafnachbarn machte er sich auf nach dem Süden, teilte mit ihm auch das Wunder des Wetterumschwungs, aus dem frostigen Gebirgswinter kamen sie in einen strahlenden Spätherbst. Über Como wanderten sie gemeinsam, in Mailand verließ ihn der Weggefährte mit dem Rat, er solle sich einen Vetterino, einen Kutscher, gönnen. Also fragte er sich durch nach dem Platz, wo die Kutscher auf Fahrgäste warteten, und fand gleich einen, der ihn, mit einer Pause in Florenz, nach Rom bringen wollte.

In Florenz setzte ihn der Vetterino an einem Gasthof seines Vertrauens, wie er betonte, ab und versprach, ihn am nächsten Morgen abzuholen. Er lief in die Stadt hinein, in einen Traum von Bildern und Statuen. Es kam ihm vor, als hielte er eine Ewigkeit lang den Atem an. Er bewunderte sie alle, ihr Können, ihre Frechheit – Ghirlandaio, Masaccio, Mantegna, Piero della Francesca. Und dazu die Architektur Brunelleschis. Neben dem Dom entdeckte er das Baptisterium und stand, die Zeit verging ihm, vor dem Tor, das Lorenzo Ghiberti geschaffen hatte, fuhr mit den Händen vorsichtig über die Glieder all der Gestalten, die sich in Bronze tummelten, und empfand die Konturen als Linien. Grimsel mahnte ihn mit einem gedehnten Gejaul.

Am nächsten Morgen erschien der Vetterino mit auseinanderlaufendem Gesicht, rot geränderten Augen. Er sei krank, doch sein Schwager bringe ihn, wie verabredet, nach Rom. Die Chaise warte bereits vor dem Gasthof.

Der Vetterino beeindruckte Fohr durch eine knurrende Sprachlosigkeit, die Grimsel mit Knurren erwiderte, und mit einem geradezu animalischen Haarwuchs. Das Haar wuchs ihm aus dem offenen Hemd, das lockige Haupthaar fiel ihm über Schläfen und Nacken, und ein dichter Bart verbarg den Mund und vereinte sich mit den Brusthaaren. Er bestieg die Kutsche, wartete, bis Grimsel sich zu seinen Füßen ausgestreckt hatte, und schlief ein. Er wachte auf von einem unerwarteten Laut. Der Kutscher hatte die Sprache wiedergefunden. Er rief Siena!

Er hatte nicht, wie Fohr vermutete, Siena umfahren, sondern sie befanden sich mitten in der Stadt auf der Piazza del Campo. Die Größe und die eigentümliche Form des Platzes, eine ausschwingende, von strengen Fassaden gesäumte Mulde, rissen ihn hin. Er bat den Vetterino anzuhalten. Die Chaise stand in der Mitte des Platzes. Er drehte sich um die eigene Achse, hob den Kopf, sah den wolkenlosen Mittagshimmel über sich: Wie eine Schale mit blauem Deckel, sagte er zu Grimsel.

Der Kutscher deutete ihm an, dass er einsteigen solle. Er schlief von Neuem ein, lag auf dem Rücken in der Mitte der großen Piazza, und jemand drückte den blauen Deckel auf den Rand.

Ein Streit des Vetterinos mit einem anderen Kutscher weckte ihn, der Wagen hielt vor dem, wie man ihm erklärte, Grabmal Neros, und der Vetterino, der ihnen entgegenkam, war nicht ausgewichen. Roma, murmelte der Kutscher. Im Trab zogen die Pferde in die Stadt, zu dem Gasthof, den der Vetterino gewählt hatte, eine luxuriöse und, wie Fohr annahm, zu teure Herberge.

Er ließ seine Reisetasche in dem Hotel zurück, fragte, wie er das Café Greco finde. Es sei nicht weit. Er lief auf eine Treppe zu, die den Himmel streifte.
Das Café Greco?, fragte er einen Passanten.
Sie stehen davor.
Er zögerte, ehe er eintrat, blieb mit Grimsel in der Tür stehen, überflog die Szene: Eine Gruppe Männer, malerisch auf Bänken verteilt längs der Theke, und in der Tiefe des Raumes wiederum kleine Gruppen. Sie sprachen, was ihn, der auf seine Fragen in der Stadt nur italienische Antworten bekommen hatte, verblüffte, sie sprachen fast alle deutsch. Er hörte hessisch, bayerisch, schwäbisch, fränkisch. Er hörte es erst, nachdem es still geworden war und alle auf ihn starrten.
Ich suche den Ruhl, rief er in den Raum.
Und wo kommst du her?
Von Heidelberg.
Der Hund auch?
Der auch.
Und was hast du vor?
Ich will malen.
Ein dünner Mann, dem das dünne Haar lang in den Nacken hing, mit einem blassen Gesicht und eigentümlich strahlenden hellen Augen, trat aus einer der Gruppen. Ich bin der Lerch aus Darmstadt. Du bist mir angekündigt. Er werde ihn zu

Ruhl bringen, der sei zurzeit bei Overbeck zu finden.

Was er im Café Greco erfahren hatte, spielte sich danach im kleinen Rahmen ab: Der Maler Overbeck, der »zweitwichtigste Nazarener«, wie ihn Lerch ehrfurchtsvoll nannte, hatte zu einem geselligen Abend geladen, und viele seiner Malerfreunde waren anwesend. Wieder ordneten sie sich vor Fohrs Blicken zu kleinen Gruppen, er hörte ihre Gespräche, ein Tongeflecht, nur immer wenige Wörter deutlich, bis er »Fohr!« rufen hörte und Ruhl aus dem Zimmer auf ihn zustürzte, ihn umarmte, an sich drückte, mein Freund, mein Freund murmelte.
Danach ließ er ihn los, trat einen Schritt zurück, schaute ihn von der Stirn bis zu den Stiefeln an: Du hast es geschafft, Fohr. Nun bist du in Rom.
Er wendete sich zur Gesellschaft, klatschte in die Hände: Ich möchte euch den Maler Fohr aus Heidelberg vorstellen. Er will sich eine Zeit lang in Rom aufhalten. Wir sind Freunde, haben in München zusammen studiert.
Overbeck, der sich aus einer Gruppe löste, auf ihn zukam, um ihn zu begrüßen, machte ihm Eindruck: Er bewegte sich, obwohl er groß und kräftig war, leicht und elegant. Sein Kopf, markant und knochig, wirkte dennoch verhangen. Overbeck hieß ihn will-

kommen, hatte Verständnis, dass Fohr seinen Freund Ruhl bat, ihm doch, wenn möglich, eine Bleibe zu verschaffen. Er lächelte: Es ist ein weiter Weg nach Rom. Ich weiß es.

Von der Wohnung Overbecks zur Casa Ruti war es nicht weit. Unterwegs ließ Ruhl ihn gar nicht zu Wort kommen. Er machte Fohr mit den Eigenheiten und den Parteiungen der Deutschrömer, wie er sie, sich einbeziehend, bezeichnete, bekannt – da gebe es die Landschafter um Josef Anton Koch und die Nazarener um die beiden Klosterbrüder Overbeck und Cornelius, die in Glaubensfragen noch strenger seien als in denen der Kunst. Overbeck habe sich erst unlängst katholisch taufen lassen, er, ein Protestant aus Lübeck.

Er fragte nicht nach, hörte zu. Währenddessen ordnete er die Parteien nach Köpfen, die er flüchtig gesehen hatte. Sie alle würde er für sich abbilden, nahm er sich vor.

Mit dem Quartier und der pompösen Gastwirtin war er zufrieden. Das Stadthaus, vor dem Ruhl stehen blieb: Hier sind wir!

Das Haus machte ihm Eindruck. Via Sienna 48, Casa Ruti. Außer uns, sagte ihm Ruhl noch, ehe die Hausherrin, Anna Maria Ruti, die Tür aufriss, wohnen noch die Brüder Schadow hier.

Er würde Signora Ruti zeichnen, in einem Doppelporträt mit ihrer Tochter Olimpia, so wie Philipp Veit den Wirt des Café Greco mit seiner schönen, umschwärmten Tochter gezeichnet hatte. Es sind Porträts, die noch nicht in das große Bild gehören, durchaus liebevolle Blicke auf Menschen, die ihn in Rom empfingen.

Ruhl half ihm, sein Zimmer zu beziehen, eine Schlafstatt für Grimsel einzurichten, den Signora Ruti nur widerwillig aufnahm. Mechanisch und ohne gehört werden zu wollen, erzählte er von seiner Reise, Ruhl hörte zu, ohne ihn zu unterbrechen, und am Schluss stellte er, wie er selber betonte, die banale Frage, ob Fohr bei der langen Fahrt von Milano nach Rom nicht unter der Wagenkrankheit gelitten habe.

Fohr setzte sich aufs Bett, hatte Lust sich auszustrecken: Ich bin vor dieser Krankheit gewarnt worden, aber vielleicht sind Grimsel und ich vor der Wagenfahrt allzu lang zu Fuß unterwegs gewesen und waren dankbar für die Bequemlichkeit.

Olimpia Ruti, »die Kleine«, brachte Wasser, Wein und Brot, für Grimsel einen mit Fleischresten bezogenen Knochen.

Erzähl weiter.

Wovon? Von dem immer längeren Weg durchs Höllental, vom kniehohen Schnee auf dem Gotthard, davon, dass Grimsel, der Bernhardiner, mit dem

Gotthard den falschen Berg erwischt hatte, seinetwegen.
Ach Fohr. Ruhl drückte ihn zur Seite und streckte sich neben ihm aus.
Erzähl jetzt du, Ruhl.
Doch Ruhl erzählte nicht, er räsonierte, warnte, schimpfte: Mach dir keine Illusionen, Fohr, was dich unter den Malern in Rom erwartet, sind Missgunst und Größenwahn. Glaub keinem, er sei ein Freund.
Dazu sei er nicht imstande, unterbrach Fohr Ruhls Sermon.
Bist du denn mein Freund?
Ruhl schlang den Arm um Fohrs Brust: Du weißt es.
Meine Freunde suche ich mir selber. Und Freundschaft, Ruhl, ist mir heilig.

In dem großen Buch, das die Bildnisse Fohrs zusammenfasst, wird Schlegel zitiert: »Wenn zwei Freunde ihr Heiligstes in der Seele des andern klar und vollständig erblicken, ihres Werkes gemeinschaftlich froh, ihre Schranken nur durch die Ergänzung des Andern fühlen dürfen.« Es ist ein Ideal, das nicht nur vielfach erzählt wurde, in Romanen von Wackenroder, Tieck, Jean Paul, in Hölderlins »Hyperion«. Diese Freundschaften wurden gelebt, Hölderlin brauchte seinen Neuffer, seinen Sinclair, Mörike seinen Hartlaub, Schubert seinen Schober.

Sie schliefen miteinander, die beiden Maler und der große Hund.

Fohr wurde im Café Greco sofort in ein vielfältiges Vertrauen gezogen. Er spürte durchaus mit Stolz, dass um ihn geworben wurde, dass es Künstler von Ruf waren, die ihn ansprachen, ausfragten und Ratschläge erteilten. Die Post solle er sich an die Adresse des Cafés schicken lassen, der Wirt, Luigi Savioni, sei absolut zuverlässig, wenn es um Post und Bilder gehe, nicht aber, wenn er Rechnungen ausstelle. An den Wänden des Cafés hingen Gemälde, auf Pappe geklebte Zeichnungen, eine ganze Galerie: Fohr ließ sich nicht ablenken, schaute schon am ersten Tag die Ausstellung an, denn sie erklärte ihm mehr über die Maler, die an den Tischen saßen, Kaffee tranken, debattierten oder stumm vor sich hin stierten. Von Koch waren ein paar Landschaften verteilt über die ganze Ausstellung, er suchte nach ihnen und nahm sie in sein Bildergedächtnis auf.
Ruhl stellte ihn Peter Cornelius vor, dessen Faustillustrationen Fohr kannte und bewunderte.
Cornelius sprach rheinisch, hatte einen feinen, dünnhäutigen Gelehrtenkopf, war gleichwohl von massiger Statur. Er nannte den dürren und immer krumm stehenden Fohr »dat Stengelschen«.
Cornelius gehörte zwar zu den Lukasbrüdern, war neben Overbeck auch ihr führender Kopf, doch er

wohnte nicht wie Overbeck und Pforr im Kloster S. Isidoro. Cornelius riet ihm, sich mit Raffael zu beschäftigen, wenn es einen gäbe, der seine Kunst dem Weltentheater öffne, dann der. Er hörte zu wie ein Schüler; dass er keiner war, erkannte die Gesellschaft im Café bald an den Zeichnungen, die Ruhl in die Ausstellung einreihte. Cornelius nahm sich seiner an, gab ihm »Hermann und Dorothea« von Goethe zu lesen, Tiecks zweibändigen Roman »Franz Sternbalds Wanderungen«. Das alles bereitete ihm eher Mühe. Mit den »Düchtern mit ü«, weil sie beide eines im Namen hatten, mit Müller und Rückert, machte er ihn bekannt. Und mit beiden verbrachte er eine lange Nacht in der Wohnung von Cornelius in der Via Sistina, trank gegen seine Gewohnheit zu viel und geriet in eine irre Laune, schwadronierte über seine Beziehung zur hessischen Prinzessin, zu dem bekannten Kritiker Issel, rühmte sich, ein halber Franzos zu sein, und Wilhelm Müller, der ihm gleich nah war, stimmte allem Unsinn zu und sagte zum Vergnügen von Cornelius und Rückert: Ich erinnere mich noch gut an dich, Charles, du hast bei mir im Brüsseler Stab als zukünftiger Kanonier dein Unwesen getrieben, aber schwer aufpassen müssen, dass man dich nicht als Bonapartisten entlarvte. Das Gelächter schlug über ihm zusammen, und er krümmte sich vor Glück.

Der Müller, sagte Rückert, sei in Rom hängen ge-

blieben, weil seine wohlmögende Reisegesellschaft Angst vor der Pest bekommen habe.
Aber ich habe keine, widersprach Müller.
Er schreibt auch Gedichte, erklärte Rückert.
Der auch, erwiderte Müller.
Cornelius, dem der Wein nichts ausmachte, entschloss sich, den Spinnereien ein Ende zu bereiten. Ernst redete er auf sie ein, die Dichter und die Maler dieser Zeit hätten nämlich eine gleiche Aufgabe, dem Volk seine Geschichte zu erzählen, es durch die Kunst selbstbewusst zu stimmen.
Müller unterstützte ihn eifrig. Die Künste brauchten Freiheit, die Völker ebenso.
Rückert hob sein Glas, sah hindurch: Wir haben leicht reden, Freunde. Im Café Greco sind wir ein eigenes Volk mit eigenen Sitten, ein Grüppchen, das sich Freiheiten nimmt.
Ja, Lieber, wir sollten uns bescheiden. Wenn ich an die Fresken der Casa Bartholdy denke. Wir haben sie als Programm gemalt. Und wer bekommt sie zu sehen? Jacob Bartholdy und seine zufälligen Gäste.
Ob er sie sich wohl anschauen könne, fragte Fohr.
Der Generalkonsul Bartholdy werde bestimmt nichts dagegen haben.
Fohr sprang auf, ihm war schlecht.
Cornelius schlug die Hände zusammen: Jetzt nicht, Sie großes Kind. Er bat Müller, Fohr in die Casa Ruti zu bringen, nach Hause. Solche Nächte sollten sich

wiederholen, und er bekam Übung, sie zu bestehen.

Er hatte öfter die Gelegenheit, die Fresken in der Casa Bartholdy anzusehen und zu »lesen«. Einmal führte ihn Jacob Bartholdy, der preußische Generalkonsul. Er habe sich ausdrücklich die Josephsgeschichte gewünscht. Der kleine Mann mit seinen raschen Bewegungen, gescheit und weltgewandt, ein Onkel Felix Mendelssohns, gefiel ihm. Einem Juden wie mir bedeutet die Josephsgeschichte, dieses Kapitel aus dem Buch Mose, viel. Es ist eine Erklärung für unser Auf-der-Welt-Sein, unser Davonkommen. Er schob Fohr vor die Bilder: Schadow, Cornelius, Overbeck, Veit. Philip Veit, im Übrigen mein Cousin, ein Mendelssohn-Stämmling. Das mir liebste Fresko – Bartholdy schob ihn weiter vor sich her – ist das von Wilhelm Schadow, »Der blutige Rock«. Eine verrückte Angelegenheit, mein Lieber, dass einer von seinen Brüdern aus blankem Neid, weil der Vater Israel ihn vorzieht, in den Brunnen geworfen werden soll und er schließlich, weil der Anschlag misslingt, nach Ägypten verkauft wird. Schauen Sie sich diese wunderliche Legende an und sagen Sie mir, was Sie von den Werken halten.
Das ist eine besondere Malerei, versuchte Fohr zu antworten und kam sich dabei ziemlich altklug vor, sie ist streng und anschaulich.

Bartholdy bat ihn, sich mit ihm an einen kleinen Tisch zu setzen, der in der Mitte des Salons stand, darauf eine Karaffe mit Wasser und eine zweite mit Wein: Die malenden Klosterfreunde werden Nazarener genannt. Wissen Sie, weshalb, Herr Fohr?
Fohr hätte jede Erklärung für albern gefunden.
Weil sie ihre Haare so lang wie Jesus von Nazareth tragen. Sie auch.
Ich bin aber kein Nazarener.
Was dann?
Ein Maler.
Bartholdy sprang auf, er hatte Fohr viel Zeit geschenkt. Das gefällt mir. Ich hoffe sehr auf ein Wiedersehen, Signor Fohr.

Er wollte fertig werden mit den Bildern, die er auf seiner Reise mitgenommen, erwandert, erfahren hatte, den Atem, der sich ihm in die Kehle bohrte, eisig, kristallen, als er den Gotthard hinaufging, den stockenden Atem, als er im Süden ankam und die Luft warm und feucht ihm in die Brust rieselte.
Ruhl ordnete seinen Tag. Er sorgte sich wie ein Bruder, wie ein Vater, bestimmte die Zeit, die sie gemeinsam vor der Staffelei verbrachten, wenn sie im Café Greco aufbrachen. Er las ihm Gedichte Eichendorffs vor, und er redete ihm seine, wie er sich ausdrückte, haltlose Neigung zum Bewundern aus. Fohr gab nach, denn er lernte als Maler viel von Ruhl.

Dass es auch andere gab, die mehr wussten, vielleicht auch mehr konnten als sein Münchner Freund, wurde ihm klar, als neue Bilder im Greco ausgehängt wurden, von Horny, von Koch.
Er wechselte die Sphären, die Tische, von den Nazarenern, die ihn dennoch immer wieder in ihren Kreis aufnahmen, zu den Landschaftern hinüber, zu den Malern um Josef Anton Koch.
Das Geld ging ihm allmählich aus. Hin und wieder verkaufte er an einen durchreisenden Deutschen eine Zeichnung, der Prinzessin hatte er ein Gemälde geschickt, eines von den Historienbildern, die noch entstanden waren, ehe er in die Landschafter-Sphäre wechselte, und ehe die Spannungen mit Ruhl, dem Freund, einsetzten, diese ewigen Streitigkeiten über das richtige Teutsche, wie man sich zu kleiden habe und wie die Freiheit definiert werde.
Wenn ich rede, rief Fohr, wenn ich rede, kannst du mir die Rede nicht verbieten!
In ein solches Streitgespräch mischte sich Grimsel jaulend ein, und Ruhl triumphierte. Ihm kannst du die Rede nicht verbieten!
Wenn's laut wurde, erschien Signora Ruti, begleitet von der kleinen, erschrocken schauenden Olimpia, um zu schlichten. Seien Sie Freunde, meine Herren, seien Sie freundlich zueinander. Worauf sie sich in die Arme schlossen und der Wirtin vorführten, dass sie wahrhaft Freunde waren.

Immer wieder waren neue Stimmen im Café zu hören, mischten sich in den lärmenden Chor, bereicherten ihn. So tauchte Wilhelm von Harnier auf, ein siebzehnjähriger Maler aus Bayern, neugierig und darauf aus, wie er mit Kinderstimme zum Besten gab, Offizier zu werden. Er hängte sich an Fohr und der hatte einen Narren an ihm gefressen, Grimsel nicht weniger. Nur Ruhl plagte Fohr mit einer Eifersucht, mit der er nicht gerechnet hatte.
Du verrätst unsere Freundschaft, Fohr, wenn du diesen kleinen bayerischen Aufschneider zum Freund nimmst. Er ist es nicht wert.
Bist du es? Bin ich es? Es fiel Fohr schwer, in solchen Auseinandersetzungen seinen Zorn zu unterdrücken: Lass mich in Frieden, Ruhl. Immerfort redest du mir in mein Leben hinein.
Harnier schaffte es auch in seiner naiv bewundernden Art, dass Fohr sich seiner, wie er sagte, »Reisekleider« entledigte. Da ihm ein neuer Rock zu teuer gewesen wäre, ließ er den alten wenden. Harnier legte Wert auf teutsche Kleidung, trug einen langen Gehrock und schwer fallende Hosen. Mit großer Geschwindigkeit fertigte er Skizzen von Personen an und ein mit Tinte und rascher Hand gezeichnetes Selbstbildnis, das Fohr eine Zeit lang an der Wand seines Zimmers ausstellte, neben Bildern von sich, von Ruhl und Cornelius.

Koch, der sich in aufreizender Ruhe vor Fohrs Bilder postiert hatte, die im Greco ausgestellt waren, sein Interesse an den Parteien klargemacht hatte, wandte sich an Fohr und lud ihn in sein Atelier ein. Kaum war er dieser Einladung gefolgt, mehrten sich, fand er, die Glücksfälle: Ein reicher Kaufmann aus Frankfurt namens Passavant suchte mit Geld und Sammlersinn das Greco heim, erregte Aufmerksamkeit bei den Malern, machte sie kiebig. Er beauftragte Fohr, eine Ansicht von Tivoli zu malen, er liebe diesen Ort, seine Heiterkeit. Passavant zahlte ihm einen ordentlichen Vorschuss, und da das Glück mit ihm war, schickte ihm die Prinzessin aus Darmstadt durch einen Boten Geld und einen Brief, in dem sie ihm für die Zeichnungen dankte und um ein römisches Gemälde bat, ihm aber erklärte, dass er im Oktober zurückkehren müsse, da sie dann nicht mehr für ihn aufkommen könne.
Mit Koch wanderte er nach Tivoli, begleitet von Harnier und Grimsel, von der Villa Adriana schaute er auf den Ort, das wolle er malen. Koch bestätigte ihn. Er skizzierte, deutete Farben an. Im Atelier setzte er die Arbeit fort. Koch lobte die Sicherheit seines Auges und die Genauigkeit seiner Linien. Wenn er Farben setzen musste, half er ihm.

Ruhl wurde von Mal zu Mal unleidlicher. Fohr hielt sich länger als gewöhnlich im Café Greco auf, weil er das Zusammensein mit dem Freund fürchtete, der sich noch störrischer verhielt, seit Harnier auch seine Wohnung in der Casa Ruti bezogen hatte. Er begann, Fohr die Selbstständigkeit zu neiden, der aber wehrte sich, pries seine Freiheiten, die Rede-, die Gedanken- und Malfreiheit. Ruhl fand, er sei verrückt geworden. Als eine vermögende amerikanische Kunstsammlerin, Mrs. Washington, die Schnorr von Carolsfeld verehrte und dessen Bilder hortete, als diese Madame »Watschington« eine Zeichnung Fohrs mit einem fabelhaften grünen Samt beglich und er sich daraus von Signora Ruti einen »Teutschen Rock« nähen ließ, geriet Ruhl außer sich, dachte nicht daran, worum ihn Fohr bat, Vernunft anzunehmen, warf ihm wiederholt Verrat an der Freundschaft vor, zählte auf, was er für Fohr alles getan habe, was der Schritt für Schritt ausschlage, alles.

Ich bitte dich, Ruhl, komm zu dir.

Ich denke nicht daran, ich bin bei mir.

Deine sinnlose Neidhammelei –

Mein Fohr, du elendiger Hundsfott.

Fohr trat einen Schritt auf Ruhl zu, Harnier rief: Bitte nicht! Und Grimsel legte sich zwischen die beiden.

Ein Hundsfott bist auch du, Ruhl.

Noch atemlos von diesem Streit setzte der sich hin, schrieb Fohr einen Brief, in dem er ihm mitteilte,

dass er nicht daran denke, nach allem mit ihm Frieden zu machen, dass er ihn tief beleidigt habe und dass die Angelegenheit nur mit einem Duell – auf Pistolen – geregelt werden könne.
Die Geschichte wurde bekannt. Im Greco redeten die Freunde, bildeten Lager. Peter Cornelius versuchte mit Koch die Streitenden zu beruhigen und das Duell zu verhindern.
Als Ort der Auseinandersetzung hatten sie Sankt Paul vor den Mauern ausgemacht, die große, alte Basilika, die über dem Grab des Apostels Paulus erbaut wurde. Im Garten vor der Kirche wollten sie sich duellieren, ohne andere zu gefährden. Fohr wählte Horny als seinen Sekundanten und Ruhl Harnier, womit er den Ärger Fohrs noch steigerte. Aber Harnier wusste, als künftiger Offizier, wie er betonte, sich zu verteidigen: Der Sekundant habe neutral und hilfsbereit zu bleiben. Er könne sich auf ihn verlassen.

Gemeinsam bestellten sie einen Wagen, der holte sie im Greco ab, die beiden Duellanten, die sich vorgenommen hatten, kein Wort mehr miteinander zu wechseln, die beiden Sekundanten, die über die Köpfe der Streithähne hinweg redeten, den Kutscher beruhigten – zu einem Duell wolle er sie keinesfalls bringen, und das auch noch zu Sankt Paul vor den Mauern –, aber Horny, der am geläufigsten Italienisch sprach, überredete ihn, er werde gut bezahlt, werde auch nicht allzu lange warten müssen, denn die Duellanten seien entschlossen; der Kutscher gab seiner Neugier nach. Die beiden Sekundanten prüften die Waffen, Pistolen, hielten sie vorerst unter Verschluss, wendeten sich schließlich Fohr und Ruhl zu, die verstockt nebeneinander auf der Bank saßen, versuchten noch einmal, sie zu überreden, von diesem kindischen Plan abzulassen.

Beide schüttelten, die Lippen zusammengepresst, die Köpfe.

Horny gab seiner Wut nach: Schaut euch doch um! Einer von euch wird das alles, dieses wunderbare Land, Sonne und Schatten nicht mehr sehen, die laue Luft nicht mehr atmen. Ich bitte euch, Brüder, nehmt doch Vernunft an.

Und Harnier legte die Hand auf Hornys Schulter: Hört auf ihn!

Sie wollten nicht hören, denn jeder hatte den andern verstoßen, sich verletzt gefühlt in seiner Zuneigung, in der oft beteuerten Liebe verraten gefühlt, und Ruhl war Fohrs erster Freund, ihm hatte er vertraut, sich ihm anvertraut. Es war ihm auch klar geworden, wie auch Harnier, der ihn begleitete und beobachtete, dass es die einzige Liebe bleiben würde, zu der er fähig war.

Die Kutsche hielt vor dem ebenso prachtvollen wie strengen Klostergebäude. Ruhl bestand darauf, vor dem Duell in die Kirche zu gehen und ein Gebet zu sprechen. Fohr wartete, bis er zurückgekehrt war, verschwand dann ebenfalls in der Kirche zu einem Gebet.

Ihr solltet, bat Horny, euch vor dem Duell noch einmal austauschen. Sie tauschten bloß ihr Schweigen aus und vermieden es, sich anzusehen, sie verhielten sich so merkwürdig, dass der Kutscher lachend die Madonna anrief und Horny ihn lachend eines Besseren belehrte: Vor diesem Haus gehöre es sich, den Apostel Paulus zu Hilfe zu rufen und nicht die Muttergottes.

Horny und Harnier maßen mit langen Schritten die Entfernung aus, markierten die Standpunkte der Duellanten. Inzwischen schien Grimsel, der es sich auf dem Kutschboden bequem gemacht hatte, das Unheil zu ahnen und setzte sich mit hängenden Lefzen neben das Kirchentor, durch das nun wie bei einem Wetterhäuschen Ruhl und Fohr aus und ein gingen, immer zum Gebet, zum Stoßgebet, was wiederum die Ungeduld des Kutschers verstärkte, der um einen schnellen Ablauf der Katastrophe bat, avanti.

Und schließlich gelang es Harnier mit einem barschen Zum Duell, meine Herren, die beiden auf ihre Plätze zu scheuchen. Der eine hob die Waffe,

zielte, der andere ebenso. Das wiederholte sich, und wieder musste Harnier kommandieren: Ruhl bitte!
Der schoss und traf nicht.
Fohr, wiederum verwirrt, hob die Waffe, nahm den einst bewunderten und geliebten Freund ins Visier, schoss und traf nicht.
Holy nahm ihnen die Pistolen ab.
Der Kutscher applaudierte: Bravo!
Grimsel sprang beruhigt in den Wagen.

Auf der Rückfahrt sprachen nur die Sekundanten, freuten sich über den guten Ausgang des Zweikampfs, stießen sich gegenseitig in die Seiten, als vergnügten sie sich über einen derben Scherz. Die Duellanten saßen nebeneinander, vermieden es, sich zu berühren, starrten vor sich hin und warteten offenbar auf ein Zeichen.

Im Greco wussten die Maler längst Bescheid, der Wirt hatte auf die Tische Karaffen voller Weißwein gestellt und auf einen Tisch in der Landschaftersphäre eine Karaffe dunkelroten. Harnier drängte sie dorthin: Trinkt mit uns, ihr streitigen Brüder.
Ruhl nickte, nahm Platz, zog einen Stuhl neben sich, winkte Fohr, der setzte sich ebenso, sie tranken einander zu, Koch lobte den heiligen Paulus,

der diese Hitzköpfe habe danebenschießen lassen, sie fielen ins große Gelächter ein, Ruhl legte den Arm um Fohr, zog ihn an sich, der Wein wirkte, machte ihn leicht und selbstvergessen, er hob sein Glas, schaute durch den glutroten Edelstein, ihm war schwindlig, und als Horny rief: Trinkt Bruderschaft!, ließ er sich darauf ein, Ruhl küsste ihn, er war verschwitzt, er fragte sich, ob es Angstschweiß oder Weinschweiß sei, sie brachten ihn in die Casa Ruti. Am andern Tag stand die Wohnung Ruhls leer. Er habe, teilte ihm Olimpia mit, Rom verlassen. Er will nicht bleiben, der Signor Ruhl, er reist nach Venedig und dann nach Deutschland.

In dieser Geschichte kommt Ruhl nicht mehr vor, nicht in Fohrs Briefen, nicht in Dieffenbachs Biografie und nicht in den Erinnerungen der Freunde. Er war der nächste Freund, der Bruder, ihn glaubte Fohr zu lieben, an ihm hing er als einem Vorbild.
In Ruhls Wohnung zog Schadow, Fohr bekam ein Zimmer dazu, aber, als müsse er Ruhl antworten in einer Symmetrie der Gefühle, brach er ebenfalls auf, er wolle wandern, Bilder einsammeln. Bei Koch entschuldigte er sich für ein paar Wochen, er werde sich auf Landschaften vorbereiten, Koch empfahl ihm, in die Berge zu gehen, dort wechsle von Schritt zu Schritt die Ansicht. Ich komme wieder, versprach Fohr.

Kaum war er über die Stadtgrenze hinaus, die Häuserzeilen lockerten sich auf, gaben manchmal eine Säule, einen Tempelrest frei, bereute er es, Grimsel Signora Ruti überlassen zu haben, er brauchte einen Begleiter, den er so, wie er es bei Grimsel gewohnt war, ansprechen konnte, ohne Selbstgespräche führen zu müssen.

Mit dem Blick auf Tivoli, das er schon in seinem Skizzenbuch verwahrt hatte, blieb er stehen und rief Ruhl in Gedanken zu, dass sie nicht zueinander gepasst hätten, er der Sohn eines französischen Soldaten und Lehrers und Ruhl der Sohn eines vermögenden Kasselaner Künstlers, mit Verbindungen an jedem Ort, stets gefördert und nie ohne Geld: Das stimmt, Ruhl, ich habe dich wie einen Bruder geliebt, nur frage ich mich, frage ich dich, ob du meine Liebe begriffen hast. Du bist ein tauber Bruder gewesen.

Er sah die Wasserfälle von Tivoli vor sich, das in der Luft zerstäubende Wasser und das changierende Licht, und es fiel ihm ein, dass er damals noch einen Freund hatte, als er das Gemälde für Passavant malte, und dass der die Personengruppe im Vordergrund skizziert hatte, wie immer. Nun würde er ihn nicht mehr brauchen. Er hatte es inzwischen gelernt.

Er lief durch den Ort, die Hitze stieg mit ihm auf die Höhen, manchmal fand er sich nicht zurecht. Er wünschte sich Harnier an seine Seite, seine Gelas-

senheit, seinen mitunter scharf werdenden Witz. Von ihm hatte er sich am Tag, als er aufbrach, verabschiedet. Harnier drängte es nach Hause, nach Deutschland. Bleib mein Freund, hatte Fohr ihm aufgetragen und mit großer Behändigkeit Harnier gleich gezeichnet. Der trug es in sein Tagebuch ein: »Da zeichnete mich Fohr ab. In teutscher Tracht. Auch zeichnete er mir ins Stammbuch eine Szene aus Goethes Götz von Berlichingen.«
Das Gasthaus, nach dem er suchte und in dem er über Nacht bleiben wollte, lag an einer steil aufsteigenden Gasse, und den Gehweg ersetzten Treppen. In dem engen Wirtsraum drängten sich Männer, die aufhörten sich zu unterhalten, als Fohr eintrat.
Er fragte den Wirt, der ihm entgegenkam, sich die Hände an der Schürze abwischte, nach einem freien Zimmer. Der Wirt führte ihn ohne Umstand hinauf in ein ebenso enges, winziges Zimmer, in dem die heiße Luft wie ein Block stand.
Er riss das Fenster auf. Er werde nur einen Tag bleiben.
Sie sind Maler?, fragte der Wirt.
Fohr nickte.
Der Wirt warf einen Blick auf die Reisetasche: Deutsche Maler kommen hier öfter vorbei.

Die debattierenden Männer hatten die Wirtschaft längst verlassen, als er zum Abendessen hinunter-

kam. Die kleine Tochter des Wirts trug auf, und ihre scheue Grazie gefiel ihm. Als er sich bedankte, erwiderte sie mit einem Knicks und verschwand trippelnd in der Küche.
Der Rotwein, den er zum Essen trank, machte ihn schwer, und er ging bald auf sein Zimmer. Er legte sich auf das schmale Bett, nahm sich vor, nicht zu träumen, und wurde von Horny, der von der kleinen Wirtin begleitet wurde, geweckt.
Verblüfft setzte sich Fohr auf. Willst du mit mir wandern, fragte er, oder holst du mich zurück?
Horny grinste, und sein kantiges Gesicht bekam noch ein paar Kanten mehr: Du kannst wählen. Doch der Koch fände es gut für dich, wenn du dich den Humboldts vorstellen würdest.
Fohr lächelte die kleine Wirtin an und erstaunte Horny mit einer Frage: Ist das denn wichtig?
Wilhelm und Karoline von Humboldt haben sich in Kochs Atelier angesagt, Madame sammelt und kauft Bilder der Deutschrömer. Das ist bekannt.
Er ließ sich wieder ins Kissen zurückfallen: Also gut, liebster Horny, ich hab schon nachgedacht, ob ich meine Prinzessin wieder mit Finanzwünschen plagen soll und Issel auch.
So komm. Horny fasste nach seiner Hand, zog ihn aus dem Bett, beugte sich zu dem Kind: Signorina, der Maler möchte sich anziehen und Ihre Anwesenheit gehört sich nicht.

Sie hüpfte hinaus, Fohr lachte ihr nach, zog sich an, schulterte die Reisetasche: Zurück, mein Freund und Malbruder.

Auf dem Weg nach Rom überfiel ihn eine Schwäche, die ihn verdross. Mehrfach musste er Horny bitten, mit ihm zu rasten.
Geht's dir nicht gut, Fohr?
Es ist eine augenblickliche Schwäche.
Die Augenblicke mehren sich und Schweiß steht dir auf der Stirn.
Wenn du mich weiter krank redest, Horny, musst du mich in die Casa Ruti tragen.
Dort angekommen, brach er zusammen. Signora Ruti, die ihn bettete und ihn bat, sich nicht zu rühren, holte einen Arzt, der ein dem Typhus vergleichbares Fieber feststellte.

In den kommenden zwei Wochen trieb sein Geist über eine Grenze, und alles was er dachte, erinnerte, verlor an Gewicht. Er sah Bilder, die er malen könnte. Manchmal lief Ruhl quer durch einen Traum und manchmal hörte er aus einem tiefen Raum heraus Rufe. Mon petit Charles!
Freunde kamen zu Besuch, beugten sich über ihn. Er sah Köpfe wie Landschaften: Veit und Overbeck und Sutter und Schaller.
Dass ihr nach mir seht, Freunde.

Er hörte sie leise reden und mit den Tagen immer lauter. Koch kam mit dem Arzt, bat Signora Ruti um ein Glas Roten und reichte ihn an Fohr weiter: Jetzt genügt es, Fohr, von nun an bist du gesund.
Als er im verschwitzten Hemd zwischen den Freunden stand, drohte er den Boden unter den Füßen zu verlieren, aber Koch packte ihn, hielt ihn fest: Wir warten auf Bilder, Fohr.
Er taumelte, der Wein kam ihm hoch und füllte ihm den Mund. Er nickte heftig: Jaja.
Die Köpfe, dachte er.
Am Tag darauf, nach dem Frühstück, schrieb er an die Eltern.
Es ist Anfang November. Im späten Sommer, im August, hatte ihn Horny nach Hause gebracht.
»Ich gieng, so schnell ich konnte, und hatte kaum mein Zimmer erreicht, als ich unter den heftigsten Fieberanfällen aufs Bett sank, um dieses nach zwei Monaten wieder erst zu verlassen.« Er wollte noch hinzufügen, dass es ihm endgültig an Geld mangele, die Krankheit alle Reserven aufgebraucht habe.

Er nahm sich vor, nach Hause, nach Heidelberg zu reisen, doch Koch hielt ihn auf, er werde Karoline von Humboldt durch Boten mitteilen lassen, dass Fohr wieder im Atelier arbeite.
Sie besuchte ihn, eine noble Dame, die in den römi-

schen Ateliers sich oft umschaute. Sie betrachtete eine der Landschaften Fohrs und wünschte sich ein kleines Gemälde. Den Vorschuss dafür zahlte sie ihm gleich, was ihn dazu veranlasste, die Heimreise aufzuschieben.

Außerdem kam vieles zusammen, was ihn bestätigte, selbstbewusst sein ließ: Dass er den Kronprinzen von Bayern, Ludwig, kennenlernte, dass er im Café Greco gefeiert wurde als »Heimkehrer«, dass die Freunde ihn bestärkten in seiner Arbeit und er, auf die Szene schauend, mit einem Mal wusste, welches Bild er vor sich hatte, welche Arbeit. Um ein Panorama der Freunde im Café Greco zu malen, mit allen, die er kannte und mochte, geteilt in die zwei Sphären, in denen entweder Cornelius oder Koch herrschten, auch mit Grimsel, der sich nicht um die Sphärenteilung scherte, brauchte er eine Sammlung von Porträts, von Köpfen.

Als schwierigste Übung nahm er sich vor, Elena, die sechsjährige Tochter Kochs, zu zeichnen, eines der wenigen weiblichen Wesen, die er je porträtierte. Ein Blatt, das den Vater verständlicherweise entzückte, sich als Beginn der Porträtserie aber sonderbar ausnimmt: der zarte Umriss eines Kindergesichts, die Augen weit geöffnet und in eine unbestimmte Ferne gerichtet, auf dem Weg zwischen Kind und Frau, zu alt für das Alter, zu schön für die Wirklichkeit.

Er geriet, stelle ich mir vor, in einen Rausch, die Vision des Gruppenbildes nahm ihn mit, bestimmte seine Arbeit, seine Pläne. Er bat die Freunde in seinem Zimmer in der Casa Ruti, ihm zu sitzen. Nur wenige Sätze kamen ihm noch über die Lippen, Wünsche, Bitten: Setz dich so vors Fenster, ja so.
Bitte halt still.
Overbeck senkte immer wieder den schweren Kopf und geriet in den Schatten. Ich bitte dich, halt dich gerade.
Auch Koch fügte sich. Es fiel Fohr nicht leicht, dem bäuerlichen Schädel eine Form zu geben, die eine Linie für ihn zu finden, am Ende kam er mit der Distanz zurecht und sie festigte die Zeichnung.

Er war beschäftigt, atemlos, träumte vom Stift, vom Papier, hörte sich, dabei lenkte ihn ein Fest noch ab, hielt ihn auf, was er aber genoss, denn wieder einmal steckten sie die Köpfe zusammen, die Freunde, um Prinz Ludwig zu verabschieden, der Fohr ein Bild abgekauft und nicht wenige der Maler aus dem Greco mit einer Gratifikation versehen hatte. Die Maler mobilisierten zum Abschied die Gesandten ihrer Länder, Niebuhr, Humboldt und andere, eine Villa wurde gemietet und musste als Kulisse für das Fest noch ausgestattet, ausgemalt werden. Auf durchscheinenden Gazevorhängen, gespannt über Rahmen, wurden die vier Künste gemalt, eine Eiche in der Mitte, die wachsen zu lassen ihm aufgetragen war, auf die in zwei Zügen zuliefen die großen Vorgänger wie Raffael, Dürer, Michelangelo und die Päpste und Könige, die sie nach Laune ausließen oder aufnahmen. Die Gesellschaft der Deutschrömer feierte den Prinzen und sich, Schnorr von Carolsfeld redete zum Abschied, Friedrich Rückert trug ein Gedicht vor. Als Fohr mit einem Glas Wein sich zutrank, trat Horny neben ihn: Wenn ich denke, dass du eben noch am Sterben warst, mein Fohr.

Ja, aber ich bin wieder hier und erlebe vielleicht noch den Anfang unserer Zeit.

Horny hob sein Glas, sah hindurch, als könnte sich dort die berufene Zukunft spiegeln: Wer weiß, Karl, es ist immer ein Anfang, der das Ende in sich hat.

Der Prinz bat die Gesellschaft um Aufmerksamkeit, Fohr und Horny traten nach vorn in den Kreis, Ludwig schien gerührt und erklärte, er nehme viel mit: Bilder, gute Vorsätze und vor allem die gemeinsame Hoffnung auf ein geeintes Deutschland.

Er bat den überraschten Fohr, ihn hinauszubegleiten zur Kutsche. Dort umarmte er ihn, steckte ihm ein Couvert mit einem Gratial zu und winkte nach allen Seiten, was Koch, der ihnen gefolgt war, zu einem spöttischen Nachruf veranlasste: Huldvoll muss er schon sein, seine Majestät.

Wilhelm Müller, der Dichter, erschien zur Sitzung in der Casa Ruti. Er erzählte von einer missglückten Reise nach Griechenland, die Cholera habe ihn aufgehalten, und nun genieße er eben Rom. Fohr hörte zu und antwortete mit dem Stift: Das Gesicht eher eines preußischen Offiziers, von Melancholie beherrscht – sie steht noch in den Augen, und ein Mund, der auf Widerspruch aus ist, darüber ein gepflegtes Bärtchen.

Ich kenne ihn anders, so, wie Wilhelm Hensel, der Mann Fanny Mendelssohns, ihn gesehen hat, als Freund und als Teilnehmer an dem Singspiel »Die schöne Müllerin«. Wenn ich ihn jetzt in der Casa Ruti Gast sein lasse, am Fenster, im römischen Licht, damit Fohr ihn porträtieren kann, wird mir klar, wie nah diese jungen Männer einander sind, in ihre Zeit gehören, mit Versen und mit Bildern: »Ich hört ein Bächlein rauschen/Wohl aus dem Felsenquell«. Die Musik dazu, Schuberts Lied, geht über die Zeichnung hin wie ein klarer Schatten. Nein, das widerspricht sich nicht.

Koch legte ihm nahe, ein Tableau zu entwerfen, in dem er die Porträts unterbringen könne, den Raum füllen mit Gedächtnis. Das tat er. Und da er mit dem ersten Entwurf nicht zufrieden war, wiederholte er ihn. Er nahm die Szene auseinander, auf der einen die Landschafter, auf der andern die Nazarener und Cornelius und Overbeck. Grimsel, auf dem Boden des Cafés ausgestreckt, wird zum Bindeglied, und sich selber hat er zweimal postiert, bei den Landschaftern und bei den Nazarenern: »Ich«, »Ich«.

Müller verabschiedete sich noch bei Schadow und Signora Ruti, sie sahen sich nie wieder. Sein Buch über Rom, die Römer und die Römerinnen widmete er dem Maler Ruhl.

»Meine Laute hab ich gehänget an die Wand:/Hab sie umschlungen mit grünem Band«.

Zu Horny sagte Fohr an einem Abend im Greco, er musste laut werden, denn der Wirt stritt sich heftig mit seiner Tochter über ein missratenes Omelette – zu Horny sagte er: Merkwürdig, Franz, da sammle ich Köpfe und plane ein Gruppenbild und manchmal ist mir, dass ich damit etwas beende.

Horny beruhigte: Danach kommt ein Anfang, Karl.

Er zeichnete nun auch Fohr, wie der ihn gezeichnet hat. Er zeichnete ihn anders, als Fohr sich selber sah: Einen Jungenkopf unter einem Barett, es könnte auch ein Mädchen sein, das Haar fällt üppig über die Schläfen, die Züge sind zart und warten darauf, verletzt zu werden.

Fohr musterte sich: Ja, Horny, das hat Rom, das habt ihr aus mir gemacht.

Nimm's an, Bruder.
Horny ließ die Zeichnung auf dem Tisch liegen.

Am 26. Juni 1818 – er datierte diesen Brief um ein Jahr voraus: 1819! – schrieb er atemlos an die Eltern. Er komme nicht, wie zuletzt besprochen, nach Hause.
»Meine Abreise wurde auf ein halbes Jahr wunderlich verschoben.« Die Prinzessin habe ihn mit ihren Töchtern besucht, ein Bild bestellt und ihm dafür achthundert Gulden bezahlt. »Dann reise ich nach Florenz, von da nach Neapel, wo ich in Salerno, Neapel, Paestum, auf den Inseln Ischia, Capri – Studien für mein ganzes künftiges Leben sammeln kann.«
In Gedanken war er schon unterwegs. Der römische Sommer strengte an, die Abende im Greco reichten bis in die Träume, in denen das große Bild fertig wurde.
Ruhe in schattigen Zimmern, kleine Ausflüge ins Umland oder im Tiber baden – das alles waren sommerliche Möglichkeiten.

Die Auen zwischen Ripetta und Ponte Molle waren ein Ort, an dem man dem Sommer widerstehen konnte, im Wasser, im Fluss. Der Trierer Maler Ramboux, neu im Kreis, wagte es, Fohr zu überreden. Mit

Amsler und Barth, die Fohr gut kannte, wohnte er im Palazzo Zucchari.
Abkühlen. Schwimmen. Amsler brachte einen Pick-nick-Korb. Darben sei unerlaubt.
Ich habe richtige Kinderlust. Fohr hakte sich bei Amsler ein.
So kamen sie am Ufer an. Sie mussten sich einen Platz suchen, denn nicht wenige Römer waren auf die Idee gekommen, hier Kühlung zu suchen.
Er lief in den Fluss, die Arme ausgebreitet.
Mon petit Charles, hörte er.
Nein!, rief er zurück.
Übertreib nicht, Fohr, rief Barth. Er war der Einzige, der schwimmen konnte. Vorsicht, der Fluss reißt dich mit.

Er läuft, er schwebt und sinkt mit einem Mal. Das Wasser schießt ihm in die Lunge. Alle die Köpfe sieht er.
Mon petit Charles, ruft Ramboux.
Barth schwimmt neben ihm her, versucht ihn über Wasser zu halten. Erschöpft lässt er ihn los.
Sie alarmieren die Polizei, Badende, die den Unfall beobachtet haben, laufen am Ufer entlang, die drei Maler mit ihnen.

Nach vier Tagen gab ihn der Fluss frei.
Das Unglück trieb sie zusammen und auseinander.

Die einen liefen zum Fluss, die andern trafen sich im Café Greco, weinten und erzählten sich von Fohr, dem Maler.

Er wurde, nachdem sein Leichnam gefunden wurde, am 3. Juli 1818 auf dem protestantischen Friedhof bei der Cestiuspyramide beerdigt. Neben den Freunden waren der Wirt des Café Greco anwesend, seine Tochter, Signora Ruti, Fohrs Wirtin, Madame Humboldt, Gesandte, darunter der preußische, Niebuhr, der einen Nachruf sprach.
Von den Malern redete Peter Cornelius, in kurzen Sätzen fasste er zusammen, was ihn bewegte: Karl Fohr, ein großer Künstler, ist zweiundzwanzig Jahre alt geworden. Ich habe ihn geliebt.

Koch, Horny, Barth und Amsler sorgten dafür, dass sämtliche Zeichnungen, die Fohr für sein Gruppenbild angefertigt hatte, im Café Greco ausgestellt wurden.
Am Ende wurden sie zusammengelegt, Blatt für Blatt, Seite für Seite, zu einem letzten Buch, »Seine Künstlerfreunde in Rom«, in dem ich blättern kann, um mich an Karl Fohr, den Maler, zu erinnern.

Literatur zu Fohr

PHILIPP DIEFFENBACH: Das Leben des Malers Karl Fohr. Frankfurt a. M. 1918

ULRIKE ANDERSSON UND ANETTE FRESE: Carl Philipp Fohr und seine Künstlerfreunde in Rom. Heidelberg 1995

Karl Philipp Fohr 1795–1818. Katalog des Städelschen Kulturinstituts. Frankfurt am Main 1968

JENS CHRISTIAN JENSEN: Carl Philipp Fohr. Frankfurt am Main o. J.

LUDWIG GROTE: Das Antlitz eines Jugendbundes. Zeichnungen von Carl Fohr. Berlin 1944

WILHELM MÜLLER: Rom, Römer und Römerinnen. 2 Bände. Berlin 1820

HANNA HOHL: Franz Theobald Horny. Ein Romantiker im Licht Italiens. Berlin 1988

HANS MARK: Der Maler Josef Anton Koch. Innsbruck 1939

L. HAARBECK: Die Familie Humboldt. Reutlingen 1932

Melida von Meyenbug und Ludwig Sigismund Ruhl – Märchenfrau und Malerdichter. Hrsg. von Berta Schleicher. München 1982

Paul F. Schmidt: Die Lukasbrüder um Johann Friedrich Overbeck in Rom. Berlin 2011

Peter Härtling im dtv

»Die Hilflosigkeit angesichts der Liebe, die Sehnsucht und die Jagd nach der Liebe, die Furcht und die Flucht vor der Liebe – daran leiden Härtlings unheroische Helden. Das sind die Motive, die er immer wieder aufgreift, seine Leitmotive.«
Marcel Reich-Ranicki

Nachgetragene Liebe
ISBN 978-3-423-**11827**-9

Hölderlin
Ein Roman
ISBN 978-3-423-**11828**-6

Ein Abend, eine Nacht, ein Morgen
ISBN 978-3-423-**11837**-8

Das Windrad
Roman
ISBN 978-3-423-**12267**-2

Božena
Eine Novelle
ISBN 978-3-423-**12291**-7

Hubert oder Die Rückkehr nach Casablanca
Roman
ISBN 978-3-423-**12439**-3

Waiblingers Augen
Roman
ISBN 978-3-423-**12440**-9

Die dreifache Maria
Eine Geschichte
ISBN 978-3-423-**12527**-7

Schumanns Schatten
Roman
ISBN 978-3-423-**12581**-9

Große, kleine Schwester
Roman
ISBN 978-3-423-**12770**-7

Eine Frau
Roman
ISBN 978-3-423-**12921**-3

Schubert
Roman
ISBN 978-3-423-**13137**-7

Peter Härtling im dtv

»Ich schreibe, weil der Mensch ohne seine Geschichte nicht leben kann.«
Peter Härtling

Leben lernen
Erinnerungen
ISBN 978-3-423-**13288**-6

Hoffmann oder Die vielfältige Liebe
Eine Romanze
ISBN 978-3-423-**13433**-0

Die Lebenslinie
Eine Erfahrung
ISBN 978-3-423-**13535**-1

Sätze von Liebe
Ausgewählte Gedichte
Hg. v. Klaus Siblewski
ISBN 978-3-423-**13692**-1

Das ausgestellte Kind
Mit Familie Mozart unterwegs
ISBN 978-3-423-**13717**-1

Liebste Fenchel!
Das Leben der Fanny Hensel-Mendelsohn in Etüden und Intermezzi
ISBN 978-3-423-**14195**-6

Zwettl
Nachprüfung einer Erinnerung
ISBN 978-3-423-**19121**-0

Janek
Porträt einer Erinnerung
ISBN 978-3-423-**61696**-6

»Wer vorausschreibt, hat zurückgedacht«
Essays
ISBN 978-3-423-**61848**-9

Hans Pleschinski im dtv

Ostsucht
Eine Jugend im deutsch-deutschen Grenzland
ISBN 978-3-423-**13090**-5

Brabant
Roman zur See
Mit einem Nachwort von Hans-Rüdiger Schwab
ISBN 978-3-423-**13194**-0

Bildnis eines Unsichtbaren
Roman
ISBN 978-3-423-**13276**-3

Leichtes Licht
Roman
ISBN 978-3-423-**13666**-2

Ludwigshöhe
Roman
ISBN 978-3-423-**13937**-3

Verbot der Nüchternheit
Kleines Brevier für ein besseres Leben
Mit einem Nachwort von Sibylle Lewitscharoff
ISBN 978-3-423-**13789**-8

Königsallee
Roman
ISBN 978-3-423-**14416**-2

Voltaire – Friedrich der Große Briefwechsel
Hg. u. neu übers. v. Hans Pleschinski
Mit Abbildungen
ISBN 978-3-423-**13896**-3s

Madame de Pompadour Briefe
Ich werde niemals vergessen, Sie zärtlich zu lieben
Hg. u. übers. v. Hans Pleschinski
ISBN 978-3-423-**13333**-3

Nie war es herrlicher zu leben
Das geheime Tagebuch des Herzogs von Croÿ 1718-1784
Übers. v. Hans Pleschinski
ISBN 978-3-423-**14296**-0

Uwe Timm im dtv

»Als Stilist und Erzähler sucht Uwe Timm
in Deutschland seinesgleichen.«
Christian Kracht in ›Tempo‹

Heißer Sommer
Roman
ISBN 978-3-423-**12547**-5

Johannisnacht
Roman
ISBN 978-3-423-**12592**-5

Der Schlangenbaum
Roman
ISBN 978-3-423-**12643**-4

Morenga
Roman
ISBN 978-3-423-**12725**-7

Kerbels Flucht
Roman
ISBN 978-3-423-**12765**-3

Römische Aufzeichnungen
ISBN 978-3-423-**12766**-0

Die Entdeckung der Currywurst
Novelle
ISBN 978-3-423-**12839**-1
und dtv AutorenBibliothek
ISBN 978-3-423-**19127**-2

Nicht morgen, nicht gestern
Erzählungen
ISBN 978-3-423-**12891**-9

Kopfjäger
Roman
ISBN 978-3-423-**12937**-4

Der Mann auf dem Hochrad
Roman
ISBN 978-3-423-**12965**-7

Rot
Roman
ISBN 978-3-423-**13125**-4

Am Beispiel meines Bruders
ISBN 978-3-423-**13316**-6

Uwe Timm Lesebuch
Die Stimme beim Schreiben
Hg. v. Martin Hielscher
ISBN 978-3-423-**13317**-3

Der Freund und der Fremde
ISBN 978-3-423-**13557**-3

Halbschatten
Roman
ISBN 978-3-423-**13848**-2

Von Anfang und Ende
Über die Lesbarkeit der Welt
ISBN 978-3-423-**14036**-2

Freitisch
Novelle
ISBN 978-3-423-**14152**-9

Vogelweide
Roman
ISBN 978-3-423-**14379**-0

Ulrich Woelk im dtv

»Was Woelk zeigen will, zeigt er. Er kennt seine Figuren genau und verrät sie nicht an Einsichten.«
Stephan Krass in der ›Neuen Zürcher Zeitung‹

Liebespaare
Roman
ISBN 978-3-423-**13092**-9

»Sollen wir es lassen?« fragt er. Nora schüttelt den Kopf. »Jetzt sind wir doch fast da.« Allmählich aber dämmert es Fred, dass der Besuch in einem Swinger-Club schwer verdaulich sein könnte …

Die letzte Vorstellung
Roman
ISBN 978-3-423-**13253**-4

Opernmusik aus einem verlassenen Haus am Strand führt einen Jogger zu einer Leiche. Was zunächst aussieht wie ein gewöhnlicher Mord, entpuppt sich als ein gesellschaftspolitisches Verwirrspiel um Gewalt, politische Macht, Gerechtigkeit und Verantwortung.

Freigang
Roman
ISBN 978-3-423-**13397**-5

»Ich habe meinen Vater umgebracht. Die Idee kam im Suff.« Ein junger Physiker versucht seine Vergangenheit zu rekonstruieren.

Rückspiel
Roman
ISBN 978-3-423-**13559**-7

Vom Tod eines Schülers, von der Schuld eines alten Lehrers und vom Liebes-drama zweier Männer und einer Frau.

Amerikanische Reise
Roman
ISBN 978-3-423-**13648**-8

Eindringliche Dreiecks-Geschichte auf einer Reise durch die USA.

Einstein on the lake
Eine Sommer-Erzählung
dtv premium
ISBN 978-3-423-**24427**-5

Hat Einstein seine geheimsten Unterlagen im Templiner See versteckt? Der Jurist Anselm macht sich auf die Suche nach dem wissenschaftlichen Schatz.

Ulrich Woelk im dtv

»Was Ulrich Woelk schreibt, ist eine großartige Prosa, ganz auf der Höhe der Zeit.«
Süddeutsche Zeitung

Schrödingers Schlafzimmer
Roman · dtv premium
ISBN 978-3-423-**24561**-6
Eine Studie über die Gesetze der Naturwissenschaften, die Psychologie und Schrödingers Zimmer, in dem eine Katze zugleich tot und lebendig sein kann.

Was Liebe ist
Roman · dtv premium
ISBN 978-3-423-**24949**-2
Roland, 36, Unternehmer, folgt seiner großen Liebe, Zoe, einer Jazzsängerin, von Berlin nach Amsterdam. Doch die dunkle Seite seiner Familiengeschichte scheint ihn einzuholen.

Joana Mandelbrot und ich
Roman · dtv premium
ISBN 978-3-423-**24664**-4
Eine böse Satire auf den Literaturbetrieb, ein Kompliment an die Mathematik und eine Huldigung an die Stärke der Frauen.

Pfingstopfer
Roman · dtv premium
ISBN 978-3-423-**26048**-0
Ein bizarrer Mord: Im Garten eines freikirchlichen Gemeindehauses wird die Leiche einer Prostituierten gefunden. In ihrem Schädel findet sich ein Zettel mit einer religiösen Botschaft: »Die Wahrheit wird euch frei machen.«